狂客

《贺知章》创作全纪录

刘臻◎主编

新 华 出 版 社

图书在版编目（CIP）数据

狂客：《贺知章》创作全纪录 / 刘臻主编

. —北京：新华出版社，2021.1

ISBN 978-7-5166-5560-3

Ⅰ. ①狂… Ⅱ. ①刘… Ⅲ. ①贺知章（659-744）- 唐诗 - 诗歌研究②纪录片 - 介绍 - 中国 Ⅳ. ①I207.227.42②J952

中国版本图书馆CIP数据核字（2020）第246119号

狂客：《贺知章》创作全纪录

主　　编： 刘　臻

责任编辑： 蒋小云　　**封面设计：** 郭　琳

出版发行： 新华出版社
地　　址： 北京石景山区京原路8号　　**邮编：** 100040
网　　址： http://www.xinhuapub.com
经　　销： 新华书店
购书热线： 010-63077122　　**中国新闻书店购书热线：** 010-63072012

照　　排： 中尚图
印　　刷： 炫彩（天津）印刷有限责任公司
成品尺寸： 230mm×155mm
印　　张： 16.5　　**字　　数：** 212千字
版　　次： 2021年1月第一版　　**印　　次：** 2021年1月第一次印刷

书　　号： ISBN 978-7-5166-5560-3
定　　价： 86.00元

目　录

第三章　名家评析　59

序　言

公元 659 年，贺知章出生在萧山湘湖南岸的文笔峰下。如今，这片见证他出生、成长、老去的土地已更名为“知章村”。

贺氏家族本是江东大族、儒学世家，到了贺知章父亲一代才家道中落。贺知章七岁那年，父亲病逝，母子俩艰难度日。十九岁那年，贺知章原本要赴洛阳赶考，只因母亲肺痨加重，他毅然留下来照顾母亲。这一留就是十八年，他成为家乡有名的孝子。

公元 690 年，李唐王朝发生了一场巨变，武则天以女子身份登基，成了王朝的主人。四年后，贺知章收到了已在朝廷为官的表弟陆象先的来信，劝他赴洛阳赶考。贺知章听从表弟的劝说，肩负着江左风流之气，满载着族人乡亲的殷切期盼，从江南水乡远赴洛阳赶考，成了从浙东唐诗之路走出去的最有名的本土诗人。

那天清晨，小舟行至江心，贺知章和着小舟碰撞浪花的水波声，口吟：“故乡杳无际，江皋闻曙钟。始见沙上鸟，犹埋云外峰。”此时的贺知章并没有想到诗中那片淡淡的乡愁，将在之后的近五十年里不断回响积聚，沉甸甸地压在他的心头，与横塘上的点点烟波一起，成为他一生魂牵梦萦的回忆。

当时，贺知章的姑父陆元方、表弟陆象先已是朝中的高官，尤其是陆象先非常欣赏贺知章。贺知章通过陆象先结识了日后被尊为“燕许大手笔”的张说和苏颋。张说和苏颋后来都官至宰相。他们几个人都是文采卓著、品行高洁之辈，年龄志趣又相近，很快就玩到了一起，逐渐从一开始的诗酒唱和的朋友变成谈心交心的知己。

殿试时，求贤若渴的武则天与挟江左风流而来的贺知章相遇了。贺知章凭借过人的才学和机智灵活的应对，被武则天钦点为第一名。这是有史料记载的从江东出去的最早的“状元”。

贺知章得中状元后，很长一段时间都在国子监任四门博士。他既是一个主管教育的官员，又是一个教书的老师。同时，他与同被列为“吴中四士”的张若虚等人在长安酒肆喝酒、吟诗、写字，广交朋友。在长安，贺知章卷起了一阵清新自然之风，用最明白的语言讲述最深刻的情感。由此，才有盛唐诗风的扑面而来。

目前所知的贺知章的传世之作尽管只有二十三首，但是他的《回乡偶书（二首）》《咏柳》等诗篇通过无数人的传承，跨越千年，传唱至今，他是当之无愧的诗坛名家。

贺知章一生写下的诗歌无数，但由于他的放纵疏狂，随作随弃，大多数作品已经散轶。所幸地不爱宝，当年所埋铭石得以一一出土。贺知章一生写了无数书法精品，唯有一卷《孝经》留存了下来，现收藏在日本宫内厅三之丸尚藏馆。《孝经》是中国草书的经典，代表了唐代草书的高水平。李白把贺知章比作王羲之，说他有深厚的修养和宽广、洒脱、浪漫的情怀。

唐玄宗在开元十三年（公元 725 年）的泰山封禅，是中国历史上最自信的一次泰山封禅。贺知章被任命为这次大典的整套仪式的制定者。禅社八首乐章中，他完成了七首。这七首乐诗被载入史册，流传至今。贺知章升任礼部侍郎兼集贤院学士。不久，他又被唐玄宗任命为太子侍读，一跃成为未来的帝师。宰相源乾曜对贺知章的好友张说说：“贺公久著盛名，今日一时两加荣命，足为学者光耀。”

公元 742 年，八十四岁高龄的贺知章照例到长安的紫极宫论道访友。在那里，他遇到了人生中最后一位挚友，时年四十二岁的李白。当时的李白正怀揣着“白衣一跃为卿相”的梦想云游四方，寻找入朝为官的“终南捷径”，却屡屡碰壁。紫极宫之行本是一场意外，却让他们遇到了毕生的知己。当时，李白拿出新作《蜀道难》，贺知章接过诗稿吟诵，吟毕赞道：“子，谪仙人也！”然后，二人到酒馆喝酒。酒酣耳热之时，贺知章才发现自己没有带余钱，当即将佩戴在身上的代表官员身份的金龟交与酒保，作为酒资。此事，被后人引作旷达酣饮、倾心结交的典故，传为佳话。贺知章很快向朝廷推荐了李白，唐玄宗任命李白为翰林供奉，李白入朝为官的梦想终于起步了。

面对唐玄宗沉溺于女色，官场颓废之风日益严重，朝廷偏执堕落之势，贺知章觉得自己无法以一己之力挽回颓势，便开始狂放纵诞，以醉心翰墨诗酒来消解烦忧，宁愿长醉不醒，也不愿做“明时失路人”。这在他的诗里也有流露，“落花真好些，一醉一回颠”。

公元 743 年岁末，八十五岁高龄的贺知章在一场大病之后，向唐玄宗请求回归故里。如果说李白心中“美人如花隔云端”的地方是长安，那么让贺知章长相思的地方就是故乡。唐玄宗准许了贺知章的请求。

公元 744 年正月初五，八十六岁高龄的贺知章告老还乡。唐玄宗感慨“岂不惜贤达”，不仅写诗相赠，还命太子李亨率百官饯行，李白等数百名官员相送，规模空前，堪比王羲之的曲水流觞、兰亭雅集。

贺知章终于回到了魂牵梦绕的故乡，可故乡的一切都已变了。他茫然四顾，只有岸边的垂柳还是当年的模样。他忽然觉得心头畅快，口吟《咏柳》一诗，“碧玉妆成一树高，万条垂下绿丝绦。不知细叶谁裁出，二月春风似剪刀”，成就了千古绝唱。

几个月后，贺知章在他平日修行的千秋观平静地离世，享年八十六岁。此后，唐肃宗追封他为礼部尚书，给了他这位过去的老师最后的荣宠。

贺知章回来了，文化中心就存在了，吸引力也存在了。贺知章回乡之后，李白来看望他，却不想他已经去世，李白怅然而归，只能以瓯杯为祭器，怀念故人，吟道："欲向江东去，定将谁举杯？稽山无贺老，却棹酒船回。"

在之后的一千余年中，他的友人与后世仰慕者或艳羡他的惊世才华，或羡慕他仕途顺遂、全身而退的人生，不断地怀念他。

贺知章实现了千古文人共同的梦想，作为官员，他经历半个世纪盛世与动荡后安然返乡，"荣路脱身终自得"；作为名士，他诗书双绝，名垂青史。在官场多年，他却依然保留着真性情，也始终乐于提携后生。与其说他"狂"，更不如说他是"真"。

为记录一个真实的贺知章和他的代表作，摄制组花半年时间查阅典籍史料，与名家探讨，理出台本；然后又经过半年时间的拍摄与后期制作，终于形成人文纪录片《贺知章》。摄制组的同志，尤其是主创，在这一年中尽心尽力，不敢疏忽，在项目收尾阶段，亦整理创作全过程，辑录成书，以追古抚今，为弘扬中华优秀传统文化添砖加瓦。

第一章 隆重开机

2020年7月15日，杭州市萧山区蜀山街道知章村文化礼堂彩旗飘扬，高朋满座。由浙江广播电视集团出品、浙江电视台国际频道、中共杭州市萧山区委宣传部和杭州市萧山区蜀山街道联合摄制的人文纪录片《贺知章》开机仪式在这里隆重举行。

一、开机仪式

人文纪录片《贺知章》开机仪式，由浙江话剧团著名演员蒋宁主持

（2020 年 7 月 15 日，主持词摘要）

尊敬的各位领导、各位嘉宾、媒体朋友们：

大家上午好！

一千三百多年前，盛唐诗人贺知章就出生在我们脚下这块土地上。大诗人脍炙人口的《咏柳》《回乡偶书》等诗，妇孺皆知，深受百姓喜爱。贺知章文化已然是中华灿烂历史文化中的一颗璀璨明珠。

贺知章是浙东唐诗之路上最重要的本土诗人，而贺知章一生魂牵梦萦的故土——萧山蜀山，可以说是浙东唐诗之路的源起地。

今天，萧山蜀山街道知章村文化礼堂因为你们的到来而蓬荜生辉。由浙江广播电视集团出品、浙江电视台国际频道、中共杭州市萧山区委宣传部、杭州市萧山区蜀山街道联合摄制的大型人文纪录片《贺知章》开机仪式在这里隆重举行。

出席今天开机仪式的领导有：

浙江广播电视集团党委委员、副总编辑　郭庆

萧山区人民政府副区长　罗林锋

萧山区人大常委会副主任　董华恩

萧山区政协副主席　黄晓燕

浙江广播电视集团原影视娱乐频道总监　王伯耀

萧山区委宣传部副部长　尹哲军

萧山区委统战部副部长　蓝晓华

湘湖国家旅游度假区党工委书记、管委会主任　俞晖

萧山区文化和广电旅游体育局局长　陆佳伟

……

距知章故里不远的湘湖研究院，为弘扬贺知章文化，特意带来了《诗狂贺知章》一书，借今天隆重的开机仪式，赠送给现场的嘉宾。这本书就在大家的伴手礼袋里。

著名歌唱家郑培钦要为大家演唱原创歌曲《诉乡情》。

开机仪式的最后，由郭庆、楼海锋和著名导演苏舟、著名歌唱家郑培钦等同志按下了开机的按钮。从这一刻开始，人文纪录片《贺知章》的拍摄正式启动。

打造精品项目　弘扬知章文化

浙江广播电视集团党委委员、副总编辑　郭庆

各位领导、各位嘉宾、各位媒体朋友：

大家上午好！

今天，我们在这里举行人文纪录片《贺知章》开机仪式，首先，我代表浙江广播电视集团表示热烈的祝贺。

唐代大诗人贺知章出生于越州永兴，就是今天的萧山区蜀山街道知章村。他在政治、诗词、书法等方面都取得了极高的成就。他的诗《咏柳》《回乡偶书（二首）》千百年来广为传诵，是唐诗启蒙的必背篇目。

创制人文纪录片《贺知章》，既是贯彻落实习近平总书记关于弘扬中华优秀传统文化的指示精神，也是响应浙江省政府文旅结合打造“浙东唐诗之路”的号召。贺知章是浙东唐诗之路上最重要的本土诗人，为此，浙江广电集团将人文纪录片《贺知章》列为 2020 年度的重点节目。

人文纪录片《贺知章》由唐代大诗人贺知章这一人物形象贯穿全片，采用纪实拍摄 + 故事演绎 + 名家解读的手法进行表现，还原盛唐文坛泰斗贺知章从“四明狂客”到镜湖隐士的波澜人生，探寻

他诗歌中蕴藏的文学思想，让唐诗这个文学史上最知名的IP，通过影像表现重放异彩，为进一步提升知章故里萧山的知名度和美誉度助添一臂之力。

谢谢大家！

欢迎辞

萧山区蜀山街道党工委书记　楼海锋

各位领导、各位来宾、各位朋友：

大家上午好！

仲夏时节，万物竞秀。由浙江广播电视集团出品、浙江电视台国际频道、中共杭州市萧山区委宣传部、杭州市萧山区蜀山街道联合摄制的人文纪录片《贺知章》开机仪式，在贺知章的出生地——蜀山街道知章村隆重举行。首先，我谨代表蜀山街道党工委、办事处，对各位领导、嘉宾的到来表示热烈的欢迎！向参加拍摄的所有演职人员表示衷心的感谢！

蜀山街道位于湘湖之畔，辖区内的“马家浜文化”距今已有七千多年历史，这里也是唐朝著名诗人贺知章的故乡。贺知章是浙东唐诗之路最重要的本土诗人，由于贺知章对这条诗路的特殊影响，专家们又提出“知章故里即浙东唐诗之路源起地”的理念，这让我们备感振奋。

一千三百多年前，我们蜀山人的著名乡贤贺知章从这里起步，开启了他波澜壮阔的一生；今天，人文纪录片《贺知章》在这里启动，开启为期半年的拍摄之路。历史与现代，在这里，在此刻，交相辉映，完美融合。

让历史照进现实，让文化彰显自信。在经济社会持续健康发展的同时，我们深感文化自信是一个民族的向心力，是助推地区发展的重要力量。长期以来，蜀山街道积极打造“知章故里”这一文化品牌，在发掘、保护、传承、弘扬贺知章文化上做了许多有益的工作和探索：组织力量对贺知章历史文化开展考古挖掘，对贺知章文物古迹进行保护修缮；以贺知章之名对学校进行冠名，并以学校为阵地办起了贺知章文化陈列馆；组织撰写、发行《贺知章传奇》一书，编排并多次公演知章文化文艺节目，开展知章故里摄影大赛，等等，很好地彰显了知章文化，扩大了知章文化的影响力和覆盖面。今年以来，蜀山全面启动“知章故里·浙东唐诗之路源起地”的文化建设，以打造“文化源起地”为奋斗目标，继续大力弘扬知章文化，把蜀山历史文化瑰宝的传承与创新推向新的高度。

人文纪录片《贺知章》的开拍，不仅将为全国观众献上一部精彩的历史传记片，更将为中华优秀传统文化的保护传承、展示传播做出积极的贡献。同时，人文纪录片《贺知章》的开拍，也为我们蜀山建设“知章故里”带来了新的契机。希望各位领导、嘉宾和艺术家对蜀山多支持、多指导，到蜀山多走走看看，多来传经送宝，帮助蜀山以贺知章为代表的历史文化在新时代焕发新的光彩，展现文化自信的头雁风采。

最后，预祝人文纪录片《贺知章》拍摄圆满成功，祝大家身体健康、工作顺利！谢谢！

二、媒体报道

人文纪录片《贺知章》开机，人民网、新华网、《浙江日报》、浙江卫视、浙江之声、《杭州日报》等多家新闻媒体竞相报道。

摘录 1：人民网、新华网

人文纪录片《贺知章》在杭州萧山蜀山街道知章村开机

责编：王丽玮　戴谦

近日，知章故里、浙东唐诗之路源起地——杭州萧山蜀山街道迎来《贺知章》摄制组。由浙江广播电视集团出品、浙江电视台国际频道、中共杭州市萧山区委宣传部、杭州市萧山区蜀山街道联合摄制的人文纪录片《贺知章》开机仪式在蜀山街道的知章村文化礼堂举行。

近年来执导《楼外楼》《温州三家人》《奋进的旋律》等影视剧的著名导演苏舟，携出演过《警官王快乐》《追风行动》《奋进的旋律》等剧的知名演员李霆，以及浙江话剧院当家花旦、《再见徽因》的主演蒋宁等演职人员亮相。浙江广播电视集团领导、萧山区四套班子领导，以及萧山区文旅局、文联、湘湖管委会、湘湖研究院等单位或部门负责人，蜀山街道的干部群众一起见证了开机仪式。

贺知章是浙东唐诗之路上最重要的浙江本土诗人。据历史记载，贺知章出生于越州永兴，即今天的萧山。盛唐大文豪贺知章是当时蜚声长安的“吴中四士”之首，其政治、文学、书法都取得了极高的成就。他的诗《咏柳》《回乡偶书（二首）》是唐诗启蒙的必背篇目，被语文教科书收录，在老百姓中广为流传。

人文纪录片《贺知章》是浙江广播电视集团2020年度重点节目，计划由唐朝大诗人贺知章贯穿全片，采用纪实拍摄+故事演绎+名家解读的手法进行表现，还原盛唐文坛泰斗贺知章从四明狂客到归隐故里的波澜人生，探寻他诗歌中蕴藏的文学世界和盛唐气象。该片将邀请康震、蒙曼等知名诗词评论人解读与点评，做人物、讲故事、品唐诗，让贺知章这位浙东唐诗之路上的重要人物IP，通过影像表现手法重放光彩。

在之前拍摄脚本的写作、采访中，有专家提出，贺知章是浙东唐诗之路的先导，不少唐代诗人正是因贺知章而来到这里，因此，贺知章的故乡可以说是“浙东唐诗之路源起地”。这一观点也得到了众多专家的认可。正如中央民族大学蒙曼教授所说：“贺知章这个人回来了，这里就有了一个文化中心，吸引力就摆在这儿了。”

2019年10月，浙江省人民政府印发《浙江省诗路文化带发展规划》，提出打造“浙东唐诗之路”等四条诗路，文旅结合助推浙江“大花园”建设。而萧山正是“浙东唐诗之路”的起点，也是“浙东唐诗之路”“钱塘江诗路”“大运河诗路”三条诗路的汇集地。在全省各区县中，同时与三条诗路文化带均有关联的，唯萧山一地。人文纪录片《贺知章》在知章故里开机，既是贯彻落实习近平总书记关于弘扬中华优秀传统文化的指示精神，也是响应浙江省政府文旅结合打造“浙东唐诗之路”的号召。

人文纪录片《贺知章》的制片人、编导刘臻告诉记者：“贺知章是浙东唐诗之路上重要的浙江本土诗人，而他的家乡萧山则是浙东唐诗之路、钱塘江诗路、大运河诗路三条诗路的汇集地。我们希望通过这部纪录片，让贺知章这位浙江本土文化IP重放光彩，让知章文化深入人心。”

开机仪式现场，当曾演唱《美丽浙江》《最忆是杭州》等重要歌曲的歌唱家郑培钦唱响原创歌曲《诉乡情》时，大家被千年前的这位游子的归乡情结深深地打动了。“钱江潮哟湘湖水，这是浙东唐诗之路源起的地方，这是诗人一生魂牵梦萦的故土”，这首专门为浙东唐诗之路最重要的本土诗人贺知章创作的歌曲在开机仪式上首次公开演唱，后续还将拍摄成音乐电视作品进行全媒体传播。

开机仪式后，摄制组在湘湖边进行了首场拍摄，三十位来自蜀山街道的贺知章的乡亲们作为群众演员，和七十余位演职人员一起参与了拍摄。之后，摄制组将转战横店完成贺知章故事演绎部分的拍摄，并将奔赴全国各地追踪记录贺知章一生的轨迹。继去年大红网剧《长安十二时辰》中的“贺监”（以贺知章为原型）爆红并引发关注之后，这部还原贺知章一生的作品将于十二月与广大观众见面。

“知章文化”融入家常百姓

贺知章的出生地——萧山区蜀山街道，地处“西湖姊妹湖”湘湖之畔，在萧山素有“卧城蜀山，梦里水乡”之美誉，知章文化深入民心。贺知章出生的村落不仅以“知章村”命名，更留存贺家园墙基、思家桥、百步寺等众多与贺知章有关的古迹，流传着许多与贺知章相关的传说。村民们人人能吟诵“著名乡贤”贺知章的代表诗作。蜀山街道党工委书记楼海锋表示，当下，蜀山正以打造“文化源起地、创新实践地，美丽宜居城、幸福未来城”为奋斗目标，大力弘扬贺知章文化，全面启动“知章故里·浙东唐诗之路源起地”的文化建设。

摘录 2:《浙江日报》

人文纪录片《贺知章》开拍

记者：沈听雨　通讯员：丁水富

7月15日上午，人文纪录片《贺知章》开机仪式在杭州市萧山区蜀山街道知章村文化礼堂举行。该片由浙江广播电视集团出品、浙江电视台国际频道、中共杭州市萧山区委宣传部、杭州市萧山区蜀山街道联合摄制，以唐朝诗人贺知章贯穿全片，通过纪实拍摄 + 故事演绎 + 名家解读唐诗的手法，还原盛唐文坛泰斗贺知章从四明狂客到归隐故里的人生，探寻其诗歌中蕴藏的文学世界和盛唐气象。

当天，摄制组在湘湖边进行了首场拍摄，之后将转战横店完成贺知章故事演绎部分的拍摄，同时，奔赴全国各地追踪记录贺知章一生的轨迹。据悉，这部还原贺知章一生的作品将于十二月与观众见面。

摘录 3：《浙江日报》钱塘江副刊

乡音未改“浙”里寻知章

沈听雨　丁水富

湘湖 资料图

许多人第一次了解贺知章，大概是因为他的一首千古绝句《回乡偶书》：“少小离家老大回，乡音无改鬓毛衰。儿童相见不相识，笑问客从何处来。”这首诗质朴的语言中蕴含了深切而又复杂的情感，道出了无数游子的乡思与客情。

对于贺知章而言，最相思的地方莫过于故乡。

公元 659 年，贺知章出生在浙江萧山湘湖南岸的文笔峰下。几十年后，在湘湖之畔，已过而立之年的贺知章带着家乡的文气风流和族人们的期望，启程远赴洛阳赶考。站在船头迎着微风，贺知章曾吟诗一首：“始见沙上鸟，犹埋云外峰。故乡杳无际，明发怀朋从。”当时，他未曾想到，诗中所蕴含的淡淡的乡愁，将在之后的五十年里不断积聚，成为他魂牵梦绕的回忆。

少小离家，八十始归，行路踟蹰，鬓发苍苍。虽然乡音未改，这位远道而来的“客人”却引得乡里的孩子们纷纷发问：“你从哪里而来？”此情此景之下，怀抱着对这片土地的眷恋，贺知章的《回乡偶书》才愈发打动人心。

如今，这一份乡愁在湘湖边得以重现。日前，演员李霆和三十余位来自萧山蜀山街道的群众一起演绎了当年贺知章赶考、乡亲们送行的场面，也由此拉开了人文纪录片《贺知章》的拍摄序幕。

人文纪录片《贺知章》由浙江广播电视集团出品、浙江电视台国际频道、中共杭州市萧山区委宣传部、杭州市萧山区蜀山街道联合摄制，其中还原贺知章一生的实景演绎部分由导演苏舟执导，演员李霆以及浙江话剧院演员蒋宁等出演，同时，摄制组还邀请了北京师范大学康震教授、中央民族大学蒙曼教授等诗词评论人解读点评。该片以唐朝诗人贺知章贯穿全片，采用纪实拍摄 + 故事演绎 + 名家解读唐诗的手法，还原盛唐文坛泰斗贺知章从四明狂客到归隐故里的波澜人生，探寻他诗歌中蕴藏的文学世界和盛唐气象。

李白、杜甫、白居易、孟浩然……苍茫历史烟云中，浙东唐诗之路上，留下过足迹的诗人有许多，为什么拍摄贺知章？该片制片人、编导刘臻说：“贺知章是浙东唐诗之路上重要的本土诗人，而他的家乡可以说是浙东唐诗之路的源起地。”如今，以知章村为起点，来演绎、讲述贺知章的故事，意义深远。

贺知章就像一个火把，照亮了浙东唐诗之路。以李白为例，贺知章年长李白四十二岁，李白刚到长安时，贺知章声名已显，在朝廷任职。可他却不以世俗的地位尊卑为念，读完《蜀道难》后曾感叹道：“子，谪仙人也！”此后更是以金龟换酒，一同开怀畅饮。对李白来说，贺知章是位率性真诚的忘年交。因此，当贺知章归乡后，李白漫游浙东之时还专程前往老宅拜访贺知章，可惜当时他已作古。李白感念他的知遇之情，写下诗句《对酒忆贺监（二首）》，其一：“四明有狂客，风流贺季真。长安一相见，呼我谪仙人。昔好杯中物，翻为松下尘。金龟换酒处，却忆泪沾巾。”正如蒙曼教授说过：“贺知章回到故乡后，这里就有了一个文化中心，吸引力就摆在这儿了。”

可以说，贺知章是浙东唐诗之路上的重要人物 IP。而当下，这部大型人文纪录片就是要通过影像表现，描摹人物、讲故事、品唐诗，让他重放光彩。

“贺知章就像一个老顽童，逗趣又正直。”站在湘湖边，饰演贺知章的演员李霆感叹道。为了扮演好青年、中年及老年时期的贺知章，他翻阅了许多历史文献资料，贺知章始终以豁达超然对待自己整个人生的态度深深感染了他。正如在长安时，贺知章会和“草圣”张旭喝得酩酊大醉，朦胧之间，在店家某处白净的墙壁上挥毫泼墨，这种肆意自由的态度贯穿了他的一生。

或许，这也正是后世文人纷纷怀念贺知章的原因。在他的诗句中，我们几乎看不到这位盛唐诗人对苦难、烦恼有任何抱怨和倾诉，他虽是四明狂客，却仍温柔可亲。作为官员，他经历了半个世纪的盛世与动荡，却依旧光明磊落，豪爽率真，始终乐于提携后进。

有人说，贺知章对待人生的态度，正源于他的家乡湘湖，这一片灵秀山水给他的心灵打上了许多精神烙印。是啊，于贺知章而言，家乡是他的终身羁绊，是心灵归宿。如今，这片见证他出生、成长乃至老去的土地，就位于湘湖之畔的蜀山街道，其村庄被命名为“知章村”。

岁月轮转，漫步知章村，我们早已看不到当年贺知章居住过的贺家园的面貌，却依然能在这里寻访到与他有关的古迹和相关传说。我们惊喜地看到，在村里，知章文化已深入人心。村民们张口就能吟诵一两句“老乡”贺知章的代表诗作，而贺知章所代表的潇洒疏朗、宏阔大度的形象，以及他一以贯之的勤学重孝、情系家乡等精神文化，也正不断融入故里老百姓的精神血脉中，甚至形成了蜀山乃至萧山的城市文脉。

当下，萧山区蜀山街道正以打造“文化源起地、创新实践地，美丽宜居城、幸福未来城”为奋斗目标，全面启动“知章故里·浙东唐诗之路源起地”的文化建设。未来，知章村将重建贺知章早年生活、学习的古建筑，并将古建筑与现存的思家桥、百步寺、文笔峰等串联起来，开启一条人文历史旅游线路，助力浙江“大花园建设”。

回望长安，梦想盛唐，当往昔以前所未有的速度离我们而去的时候，我们仍可以从传统文化中汲取前行的力量。具有诗人、书法家、宫廷文人等多重身份的贺知章，以自己的才华和魅力成为中国文化史上的一个独特符号。而一千三百多年后的今天，我们拍摄人文纪录片《贺知章》，诵读他的诗歌，品味他的人生，还原他的一生，也是为了体会他的品行、他的诗心，用诗人的生命品格滋养今人的生命质地，用曾经的盛世文化创造今天的文化盛世。

摘录 4：《浙江卫视》融媒体新闻中心

在浙东唐诗之路源起地开始
重现盛唐诗人贺知章的一生

记者：夏学民　编辑：季元恺

2020 年 7 月 15 日，知章故里、浙东唐诗之路源起地——杭州萧山蜀山街道迎来《贺知章》摄制组。由浙江广播电视集团出品、浙江电视台国际频道、中共杭州市萧山区委宣传部、杭州市萧山区蜀山街道联合摄制的《贺知章》开机仪式在知章村文化礼堂举行。

贺知章是浙东唐诗之路上最重要的浙江本土诗人。据历史记载，贺知章出生于越州永兴，即今天的萧山。盛唐大文豪贺知章是当时蜚声长安的“吴中四士”之首，其政治、文学、书法都取得了极高的成就。他的诗《咏柳》《回乡偶书（二首）》是唐诗启蒙的必背篇目，被语文教科书收录，在老百姓中广为流传。

《贺知章》是浙江广播电视集团2020年度重点节目，计划由唐朝大诗人贺知章贯穿全片，采用纪实拍摄+故事演绎+名家解读唐诗的手法进行表现，还原盛唐文坛泰斗贺知章从四明狂客到归隐故里的波澜人生，探寻他诗歌中蕴藏的文学世界和盛唐气象。该片将邀请康震、蒙曼等知名诗词评论人解读与点评，做人物、讲故事、品唐诗，让贺知章这位浙东唐诗之路上的重要人物IP，通过影像表现手法重放光彩。

2019年10月，浙江省人民政府印发《浙江省诗路文化带发展规划》，提出打造“浙东唐诗之路”等四条诗路，文旅结合助推浙江“大花园建设”。而萧山正是“浙东唐诗之路”的起点，也是“浙东唐诗之路”“钱塘江诗路”“大运河诗路”三条诗路的汇集地。在全省各区县中，同时与三条诗路文化带均有关联的，唯萧山一地。

《贺知章》在知章故里开机并启动拍摄，既是贯彻落实习近平总书记关于弘扬中华优秀传统文化的指示精神，也是响应浙江省政府文旅结合打造“浙东唐诗之路”的号召。

贺知章的出生地——萧山区蜀山街道，地处“西湖姊妹湖”湘湖之畔，在萧山素有“卧城蜀山，梦里水乡”之美誉，知章文化深入民心。贺知章出生的村落不仅以“知章村”命名，村里更留存贺家园墙基、思家桥、百步寺等众多与贺知章有关的古迹，流传有许多与贺知章相关的传说，村民们人人能吟诵“著名乡贤”贺知章的代表诗作。

《贺知章》的制片人、编导刘臻说，贺知章是对浙东唐诗之路影响深远的重要人物，在之前拍摄脚本的写作、采访中，有专家提出，贺知章是浙东唐诗之路的先导，不少唐代诗人正是因贺知章而来到这里，因此，贺知章的故乡可以说是“浙东唐诗之路源起地”，这一观点也得到了众多专家的认可。正如中央民族大学蒙曼教授所说，“贺知章这个人回来了，这里就有了一个文化中心，吸引力就摆在这儿了。比如说李白，贺知章回乡之后，李白不就是想来看他吗？发现他已经去世后，李白怅然而归……所以说贺知章就像是一个火把，在这里照亮了一条道路，这条路就是浙东唐诗之路”。

“浙东唐诗之路源起地”的提出，对正摩拳擦掌希望擦亮贺知章金名片的萧山和蜀山街道来说，无疑是非常重要的信息。

“少小离家老大回，乡音无改鬓毛衰。儿童相见不相识，笑问客从何处来。”开机仪式现场，当曾演唱《美丽浙江》《最忆是杭州》等重要歌曲的歌唱家郑培钦唱响原创歌曲《诉乡情》时，大家被千年前的这位游子的归乡情结深深地打动了。“钱江潮哟湘湖水，这是浙东唐诗之路源起的地方，这是诗人一生魂牵梦萦的故土”，这首专门为浙东唐诗之路最重要的本土诗人贺知章创作的歌曲在开机仪式上首次公开演唱，后续还将拍摄成音乐电视作品进行全媒体传播。

开机仪式后，摄制组在湘湖边进行了首场拍摄，三十位来自蜀山街道的贺知章的乡亲们作为群众演员和七十余位演职人员一起参与了拍摄。之后，摄制组将转战横店完成贺知章故事演绎部分的拍摄，并将奔赴全国各地追踪记录贺知章一生的轨迹。继去年大红网剧《长安十二时辰》中的“贺监”（以贺知章为原型）爆红并引发关注之后，这部还原贺知章一生的作品将于十二月与广大观众见面。

摘录 5：《杭州日报》

走上“浙东唐诗之路” 点亮“知章故里”文化 IP

首席记者：张磊 记者：金婷婷

通讯员：丁水富 编辑：张磊

一千多年前，八十六岁辞官回家的唐代诗人贺知章回到阔别五十多年的家乡，写下了脍炙人口的《回乡偶书》。7 月 15 日上午，在贺知章的故乡——蜀山街道知章村，由浙江广播电视集团出品、浙江电视台国际频道、中共杭州市萧山区委宣传部、杭州市萧山区蜀山街道联合摄制的人文纪录片《贺知章》正式开拍。

半年拍摄穿越千年 展现盛唐气象

人文纪录片《贺知章》是浙江广播电视集团 2020 年度重点节目，计划由唐朝大诗人贺知章贯穿全片，采用纪实拍摄 + 故事演绎 + 名家解读唐诗的手法进行表现，还原盛唐文坛泰斗贺知章从四明狂客到归隐故里的波澜人生，探寻他诗歌中蕴藏的文学世界和盛唐气象。

该片将邀请康震、蒙曼等知名诗词评论人解读与点评，做人物，讲故事，品唐诗，让贺知章这位浙东唐诗之路上的重要人物 IP，通过影像表现手法重放光彩。

2019 年 10 月，浙江省人民政府印发《浙江省诗路文化带发展规划》，提出打造“浙东唐诗之路”等四条诗路，文旅结合助推浙江“大花园”建设。而萧山正是“浙东唐诗之路”的起点，也是“浙东唐诗之路”“钱塘江诗路”“大运河诗路”三条诗路的汇集地。在全省各区县中，同时与三条诗路文化带均有关联的，唯萧山一地。

制片人、编导刘臻说，贺知章是浙东唐诗之路上的重要人物，在之前拍摄脚本的写作、采访中，有专家提出，贺知章是浙东唐诗之路的先导，不少唐代诗人正是因贺知章而来到这里，因此，贺知章的故乡可以说是“浙东唐诗之路源起地”，这一观点也得到了众多专家的认可。

正如中央民族大学蒙曼教授所说，“贺知章这个人回来了，这里就有了一个文化中心……它就像是一个火把，在这里照亮了一条道路，这条路就是浙东唐诗之路”。

开机仪式后，摄制组在湘湖边进行了首场拍摄，三十位来自蜀山街道的贺知章的乡亲们作为群众演员和七十余位演职人员一起参与了拍摄。之后，摄制组将转战横店完成贺知章故事演绎部分的拍摄，并将奔赴全国各地追踪记录贺知章一生的轨迹。这部还原贺知章一生的作品将于十二月与广大观众见面。

蜀山街道积极打造“知章故里”文化 IP

这次，拍摄人文纪录片《贺知章》是萧山区蜀山街道打造一个让城市真正“鲜活”起来的文化 IP 的起步。

长期以来，蜀山街道积极在发掘、保护、传承、弘扬贺知章文化上，做了许多有益的工作和探索。贺知章出生的村落不仅以“知章村”命名，村里更留存贺家园墙基、思家桥、百步寺等众多与贺知章有关的古迹，流传着许多与贺知章相关的传说。未来，蜀山街道将持续开发“知章故里”文化 IP。

比如，在湘湖畔将建立一个湘湖 T6 艺术空间，融入湘湖传统文化、名人文化、手工艺文化等脉络，叠加城市社区、商业综合体、文旅生活体验地、文创基地等复合功能，旨在打造杭州艺术文旅头部品牌。

与此同时，位于街道湖东村内的“WAKE UP”幻行艺术空间，将利用旧厂房改造，为影视机构、直播达人打造所需空间，联合国内外设计师品牌、艺术装置、潮流新品，将产品植入空间，是杭州范围内文创经济和网红经济融合业态的首次探索。

落户蜀山的萧山文化新地标——城市文化公园将集青少年活动中心、妇女活动中心、绍剧艺术中心、美术馆及非物质文化遗产馆有效融合，打造浓厚的文化氛围。

摘录6：《青年时报》

“诗狂”贺知章的故事在萧山开拍

记者：刘婕　通讯员：丁水富

“少小离家老大回，乡音无改鬓毛衰”“不知细叶谁裁出，二月春风似剪刀”……很多人知道贺知章的这些诗句，却不甚了解他的性格脾性、历练故事。出生在萧山的他，是浙江历史上第一位有资料记载的状元，八十六岁告老还乡，度过晚年。

昨天，在一千三百多年前贺知章出生的萧山区蜀山街道知章村，由浙江广播电视集团出品、浙江电视台国际频道、中共杭州市萧山区委宣传部、杭州市萧山区蜀山街道联合摄制的人文纪录片《贺知章》举行开机发布会，这部作品将全方位还原你所不了解的贺知章。

与李白是忘年交　照亮浙东的唐诗之路

绿荫围绕，踏着被雨水渗湿的石板路，一眼就能看到知章村文化礼堂门口立着贺知章的铜像，骑在马匹上的他手里捧着一个酒坛，前面两个嬉戏打闹的“孩童”好奇地望着他。在这个以贺知章名字命名的村落，留存着贺家园墙基、思家桥、百步寺等众多与贺知章有关的古迹，流传有许多与贺知章相关的传说，村民人人能吟诵“著名乡贤”贺知章的代表诗作。

提到唐朝诗人，或许你能想到那个说出“天生我材必有用”的诗仙李白，写出“好雨知时节，当春乃发生”的诗圣杜甫……而被称为诗狂的贺知章，似乎是“诗红人不红”的存在，但把时间线拨回唐朝，在“行业内”他可是备受崇敬的。

在狂放不羁的李白还是平民时，年长他四十二岁的贺知章已是太子宾客，读了李白的《蜀道难》后，贺知章十分欣赏他的才华，两人一见如故，结为忘年知己。而后，贺知章成为李白的“伯乐”，向皇帝推荐这个才子。李白获得赏识成为翰林供奉，开始了自己大放异彩之路。贺知章告老回乡后，李白想来看望他，却发现老友已经去世。李白怅然而归，写下了那首流传千古的《对酒忆贺监二首并序》，足以见两人的情真意切。

在人文纪录片《贺知章》的制片人、编导刘臻看来，贺知章是对浙东唐诗之路影响深远的重要人物。她表示，在拍摄脚本的写作、采访中有专家提出，贺知章是浙东唐诗之路的先导，不少唐代诗人正是因他而来到这里，因此，贺知章的故乡可以说是“浙东唐诗之路源起地”。

中央民族大学蒙曼教授也认为：“贺知章这个人回来了，这里就有了一个文化中心，吸引力就摆在这儿了。他就像是一个火把，在这里照亮了一条道路，这条路就是浙东唐诗之路。”

三种手法还原诗狂一生　郑培钦献唱原创主题曲

开机仪式后，摄制组便在湘湖边进行了首场拍摄，三十名来自蜀山街道的贺知章乡亲作为群众演员和七十余位演职人员一起参与。其实，贺知章在以往的影视作品中，戏份都不吃重，去年大热网剧《长安十二时辰》中的“贺监”走红后，才让更多观众对这个人物增加了期待。

聊起这个历史人物，贺知章扮演者李霆感慨道：“他简直就是个老顽童！”为了更准确地把握贺知章的性格特征，将这个观众熟悉又陌生的角色贴切呈现，他在拍摄前研究了不少史料，力求为观众还原一位从青年到中年到老年、性格特征鲜明的唐代大诗人。

作为执导过《楼外楼》《温州三家人》《奋进的旋律》等剧集的导演，苏舟有着不少高口碑的作品，和浙江颇有渊源的他，曾通过不同作品展现了不同时期、不同地域的浙江故事和精神。这次，他也信心满满。

当然，执导人文纪录片《贺知章》对于苏舟来说也是新的尝试，第一次涉猎纪录片，需要把历史资料缺乏的部分情景再现。在他看来，贺知章是一个有才华、有气魄，且幽默风趣的人，既然有了契机来拍摄贺知章的故事，自己就有义务将故事尽善尽美地展现在观众面前。

除了故事演绎，该片还将采用纪实拍摄 + 名家解读唐诗的手法。其中，解读部分邀请了康震、蒙曼等文化名人，将带领观众看故事、品唐诗。剧组透露，从这三个维度来拍摄，是希望还原盛唐文坛泰斗贺知章从四明狂客到归隐故里的波澜人生，探寻他诗歌中蕴藏的文学世界和盛唐气象。

据悉，该作品将于今年十二月播出，原创主题曲《诉乡情》则由歌唱家郑培钦献唱。

人文纪录片《贺知章》开机　百余家主流媒体竞相报道

第二章 用心拍摄

面对高温酷暑和新冠疫情，摄制组同志不畏艰难，争分夺秒，辗转全国各地，用心拍摄贺知章的精彩人生和艺术光辉。

由苏舟导演、李霆主演的故事演绎画面

村里人戏称贺知章为“贺担僧”

父老乡亲送贺知章赴洛阳赶考

贺知章与已在朝廷做官的表弟陆象先见面

与友人品诗写字

贺知章读完李白诗作《蜀道难》后，称李白为“谪仙人”

贺知章离别家乡半个世纪后回归

萧山蜀山代表团在东阳横店探班

7 月 15 日，人文纪录片《贺知章》在湘湖畔开机。此后几天，剧组转战横店，在烈日下马不停蹄地拍摄。蜀山代表团赴东阳横店探班，慰问剧组，近距离接触“明星”！

与苏舟导演合照

与贺知章主演李霆合照

与本片主持人蒋宁合照

与群众演员合照

在烈日下，拍摄现场热火朝天。演员、场记、剧务、摄影师等全部到位。道具老师正在认真布置现场需要的灯笼装饰，“老百姓”手提着腊肉在逛集市……

探班代表团向导演和演员表示了感谢。现场工作人员透露，一个场景一个画面，拍摄好几遍是常态，导演对细节的把控要求十分严格，这让探班团感到深深敬佩。

演职人员讨论剧本

现场拍摄

现场还有一群快乐而辛勤的“小蜜蜂们”，让探班团感受到了满满的正能量，那就是群众演员们。

探班代表团利用演员们休息间隙探望了饰演“百姓”“家丁”“官员”的群众演员们。“官员”透露，虽然常常需要早晨五点起来拍摄，但是很享受在剧组的快乐时光。

休息间隙探望演员

群众演员

摄制组赴全国寻找贺知章足迹

足迹一：洛阳定鼎门

一千多年前，贺知章肩负着江左风流之气，满载着族人乡亲的殷切期盼，从江南水乡远赴洛阳赶考。

经过数月的水陆跋涉，风尘仆仆的贺知章终于来到了洛阳。在入城处也就是定鼎门，他与恭候多时的表弟陆象先见面了。

洛阳仿古建筑 定鼎门

据洛阳市隋唐史学会会长王恺介绍，定鼎门是武周时代进出洛阳的主要城门，一般是东进西出，中间的门只有皇帝能走。现在，当地政府在原址的基础上盖了城门，底部依然保留了一千多年前城门口的模样。

定鼎门内部景象

足迹二：洛阳明堂

历经六朝熏染，吴越之地可谓是人文渊薮，求贤若渴的武则天与挟江左风流而来的贺知章在殿试时相遇了，而洛阳的明堂就是殿试所在地。

明堂称“万象神宫”，是唐武周神都洛阳的地标性建筑，高达 98 米，占地 12000 平方米，是世界历史上体量最大的木质建筑，亦为中国建筑的巅峰之作。明堂是唐武周王朝的政治中心。

洛阳市文物考古研究所研究员王炬接受摄制组采访

明堂外景

明堂内景

洛阳市文物考古研究所研究员王炬介绍，经过殿试，武则天拿起狼毫，在贺知章的试卷首页点了一个红点，这就是人们常说的朱笔头上一点红。贺知章凭借过人的才学和机智灵活的殿试应对，被武则天钦点为殿试第一名，是浙江历史上第一位有资料记载的科举第一。

足迹三：洛阳国子监

考古专家带摄制组去看洛阳唐武周时代的国子监所在地，当时的国子监如今已成为一片空地

这片正在考古发掘的地方，正是唐武周时代的国子监所在地。王炬介绍，贺知章在赴武则天主持的殿试之前就在这里学习，得中以后又在这里当老师。国子监既是中国古代最高学府又是教育管理机构。

足迹四：西安集贤巷

贺知章曾任礼部侍郎兼集贤院学士，宰相源乾曜问贺知章的好友张说：“贺公久著盛名，然学士与侍郎，何者为美？”张说著名的“相比于‘衣冠之华’的侍郎，怀着‘先王之道的学士’可谓至美”的言论，据说就发生在这里。如今的集贤巷还有老人在闲谈往事。

《新唐书》《旧唐书》《贺秘监遗书》(浙江图书馆图片资料)

足迹五：西安大明宫

大明宫宣政殿东侧的弘文馆遗址现在已是一片空地，一千多年前贺知章在这里教太子读书，与平定安史之乱的唐肃宗李亨结下深厚的师生之情。贺知章过世的时候，唐肃宗追封他为礼部尚书，极尽哀荣。

宣政殿弘文馆遗址

宣政殿模型

足迹六：西安兴庆宫

兴庆宫是唐长安城三大宫殿群（太极宫、大明宫和兴庆宫）之一，原系唐玄宗登基前的藩邸，李隆基作为藩王时，与其兄岐王等同住，号称“五王子宅”。贺知章爬墙头，劝退出来闹事的纨绔子弟的“挽郎事件”里的岐王曾住在这里。如今的兴庆宫已成为老百姓娱乐健身的地方。

兴庆宫

足迹七：西安唐城墙遗址公园

在西安，我们看到了贺知章的塑像以及刻在石柱上的《回乡偶书》。在名家辈出的长安旧址，我们可以看到蜀山文人贺知章的重要地位。

唐城墙遗址

贺知章雕塑群

足迹八：西安长乐坡

唐代著名诗人李白于此送别贺知章，在这里写下“镜湖流水漾清波，狂客归舟逸兴多。山阴道士如相见，应写黄庭换白鹅”。长乐坡是古时送友人离开的地方，白居易曾作诗曰：“何处难忘酒，青门送别多……烟树灞陵岸，风尘长乐坡。”如今的长乐坡已变成地铁站，人来人往，熙熙攘攘，上演着一幕幕千年前的送别场景。

西安地铁 长乐坡站

足迹九：西安大唐西市酒肆

贺知章与诗仙李白、草圣张旭喝酒的地方，杜甫追忆《饮中八仙歌》中的贺知章“知章骑马似乘船，眼花落井水底眠”，李白“天子呼来不上船，自称臣是酒中仙”的地方，酒肆里陪伴八仙喝酒的胡姬还在，只可惜故人已逝。

大唐西市入口处

胡姬酒肆

足迹十：西安碑林博物馆

贺知章撰写的墓志铭

在这里，摄制组寻觅到一方由贺知章撰稿的墓志铭。这块墓志在咸阳顺陵区域内出土。墓志的主人叫杨执一，墓志文风自然阔达，碑文庄严肃穆。贺知章生前放纵疏狂，他的作品大多已经散轶。所幸地不爱宝，通过千年前所埋铭石，我们得以窥见贺知章文学作品的原貌。

在西安碑林博物馆拍摄

足迹十一：西安易俗社

与莫斯科大剧院、英国皇家剧院并称世界三大古老剧社，贾平凹笔下的黄土地与老百姓命运生生不息的秦腔在这里上演。在这里我们能看到新编秦腔历史剧《李白长安行》，重现贺知章与李白金龟换酒的千古佳话。

西安易俗社

足迹十二：山东省济南市博物馆

摄制组在山东省济南市博物馆拍摄时，文物研究员崔玉英在几名工作人员的协助下，从馆藏室里小心翼翼地取出了这张国家三级文物《饮中八仙图》。

唐代大诗人杜甫的一首《饮中八仙歌》成为历史长河中略带酒香的一朵浪花，令人陶醉至今。明代著名画家张翀将杜甫的这首诗以及诗中八位酒仙的醉态，生动地画进了八幅条屏里。这八位分别是贺知章、李适之、李琎、崔宗之、苏晋、李白、张旭、焦遂，他们大名鼎鼎，生活在首都长安。其中，贺知章因为其资历和在文坛中的地位，被列为饮中八仙之首。

济南市博物馆

《饮中八仙图》（济南市博物馆所珍藏的这八幅《饮中八仙图》屏为纸本，淡设色，每条长 128 厘米，宽 60 厘米）

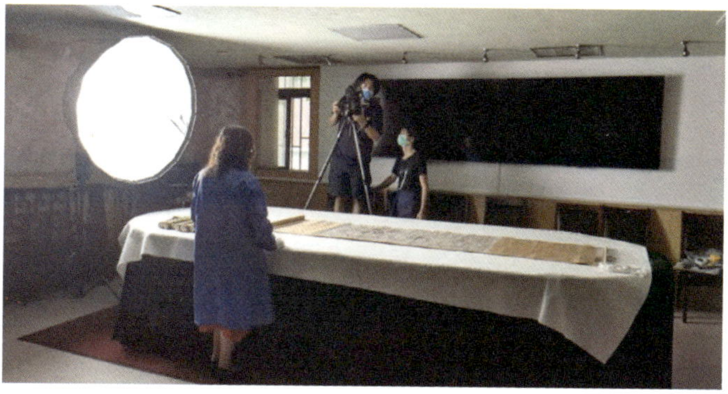

摄制组于济南市博物馆拍摄中

贺知章诗好、文好、字好、酒量也好。一次喝高了，他骑在马上摇摇晃晃，竟掉到井里，在井底呼呼大睡。张翀将贺知章醉眼蒙眬骑在马上的神态，描绘得惟妙惟肖，画的右上角题杜甫诗句："知章骑马似乘船，眼花落井水底眠。"

足迹十三：泰安泰山大观峰

在泰山之巅大观峰，我们看到了记载唐玄宗泰山封禅故事的《纪泰山铭》，上面是1200多年前唐玄宗李隆基亲笔书写的铭文，文辞雅训，隶书遒逸。这次大典整个仪式的制定者是贺知章，封禅大典禅社八首乐章中他完成了七首，这七首乐诗被载入史册，流传至今。

纪泰山铭

足迹十四：绍兴《龙瑞宫记》石刻

在绍兴宛委山下，摄制组拍到了飞来石上的《龙瑞宫记》摩崖石刻。据说，这是贺知章唯一存世的楷书手迹。尽管石刻大多已湮灭不存，但确有“端庄中寓俊秀，雄浑间透姿媚”的唐楷之貌，不失为珍贵的贺知章笔墨遗迹。

贺知章《龙瑞宫记》摩崖石刻

足迹十五：绍兴贺秘监祠

贺秘监祠在绍兴市区的一条小街上，相传是宋绍兴十四年（公元 1144 年），郡守莫将在贺知章读书的故地重建的“逸老堂”。现存建筑为清同治四年（公元 1865 年）重修的三进建筑，内有崇贤堂、千秋楼、怀贺亭。后人在贺知章生活读书的地方建祠，怀念贺知章。

贺秘监祠

足迹十六：绍兴鉴湖

这里是贺知章笔下“惟有门前镜湖水，春风不改旧时波”的地方，也是浙东唐诗之路上重要的打卡点。据传，唐玄宗在贺知章告老还乡时赐予的镜湖一面还在，风景依旧很美。

鉴湖

萧山区贺知章学校
让小伢儿在传统文化的浸润下成长

浙江广电集团人文纪录片《贺知章》摄制组在萧山区贺知章学校，用无人机拍摄全校1100名学生唱校歌《知书达理》的场景。

这首融入唐诗《回乡偶书》《咏柳》的校歌，是贺知章学校校园文化的重要组成部分。每个贺知章学子都会唱。萧山区贺知章学校校长许兴云表示："学校在社会中承担着教书育人的双重责任，而校园文化对学生的人格塑造和素质养成有极大影响。依托贺知章文化，构建独具特色的校园文化体系，不光能赋予历史名人文化新的生命力，还能以深厚底蕴和良好氛围润泽师生成长。"

回眸贺知章学校发展之路，历史与教育的交响

作为萧山区文化命名学校的代表，石岩九年制学校于 2006 年正式改名为“贺知章学校”。因为距该校 2.2 千米的文笔峰北麓的知章村贺家园，就是 1300 多年前唐代大诗人、书法家贺知章出生的地方。

“什么是贺知章精神？”贺知章是一生清廉、最后荣归故里的贤士，是勤学刻苦、担母读经的孝子，也是李白杜甫的伯乐。他的才华与魅力流传千古，足以为当代人知晓和学习。在“知书知章，做文做人”的育人目标指引下，贺知章学校 14 年来逐渐走出了一条“知章故里、诗意校园”的特色教育传承与创新之路。

知章故里，诗意校园

少小离家老大回　最是乡愁心头绕

不少人与贺知章的初识，是从背着小手咿咿呀呀学语的年纪开始；成年后，再遇贺知章，或许是《长安十二时辰》里韩童生饰演的何执正——这一角色对应的正是高龄老官贺知章；人到中年，与贺知章的相遇常常是那首《回乡偶书》，感悟生命的到来与离去，都关乎最美好的故乡。

尽管贺知章的名字耳熟能详，却鲜有人知贺知章就出生在越州永兴，是个地地道道的萧山蜀山人。作为浙东唐诗之路上的重要人物IP，贺知章的一生映射了唐帝国的崛起与鼎盛，他的诗歌更蕴藏了文学世界和盛唐气象。

随着摄制组拍摄的深入，我们深深感到贺知章对故乡的眷恋。那首家喻户晓的《回乡偶书》“少小离家老大回，乡音无改鬓毛衰。儿童相见不相识，笑问客从何处来”讲述的就是贺知章告老还乡，回到现在被称为蜀山街道知章村的所见所感。贺知章以一种豁达的态度道出了游子归乡的复杂情感，成为天下游子心中挥之不去的情结。

故乡，永远是一个令人魂牵梦萦的寄托。席慕蓉说，乡愁是一种模糊的怅惘；三毛说，乡愁是梦中的橄榄树；余光中说，乡愁是一枚小小的邮票，是一湾浅浅的海峡；莫言说，乡愁是家乡的红高粱，风吹的时候不停摇晃……每个人都有乡愁，它说不清，道不明，挥之不去，如一缕青丝缠在心头。

采访蒙曼

《贺知章》剧照

在长安，也就是现在的西安，经历半个世纪的漂泊后，贺知章在耄耋之年回归故里，于是有了“少小离家老大回，乡音无改鬓毛衰。儿童相见不相识，笑问客从何处来”这首千古传唱的绝句。而现在的萧山蜀山街道就是唐朝大诗人贺知章朝思暮想的故土，这里有“碧玉妆成--树高，万条垂下绿丝绦”；这里有“莫言春度芳菲尽，别有中流采芰荷”；这里还有贺知章修建的箩婆桥、思家桥，贺知章故里遗址知章村贺家园……这里是浙东唐诗之路的源起地。

斯人已逝，风范永存。人文纪录片《贺知章》，讲述了贺知章如何成为中国文化史上的一个无可取代的符号，如何点燃了浙东唐诗的世界，让浙东文化走向全国。正如中央民族大学蒙曼教授所说：“贺知章就像是一个火把，照亮了浙东唐诗之路。”

第三章 名家评析

摄制组采访了二十余位名家，他们对贺知章都有精到的评析。

康震：“贺知章三十多岁离开了家乡，一直在京城做官。他对于浙东唐诗之路建设是一个主要的贡献者，具有本土的自信。”“这个地方人杰地灵，出了像贺知章这样在唐代赫赫有名的大诗人。这对于唐诗之路的建设而言，具有启发作用。它不仅造就了很多外来诗人的佳篇佳作，同时，也造就了本土诗人。那么，这样的本土诗人对于唐代诗歌发展的意义也是非常重大和深远的。这对于浙东唐诗之路的建设是非常重要的。”

蒙曼：“他这个人回来了，文化中心就存在了，吸引力就在那儿了。贺知章回乡之后，李白来看望他，却发现他已经去世了，只好怅然而归。可以想象，如果贺知章能够多健在几年，就会有一个诗人群体把那儿当成据点。”“所以，一个‘火把’就能变成一个链条。这个链条就是我们现在所说的浙东唐诗之路。”

胡可先：“谈到浙东唐诗之路，贺知章是最具有标志性意义的一位诗人。在浙东本土诗人中，他是最著名的。后来，其他的诗人包括李白到浙东唐诗之路来，可能都受到贺知章的影响。”

在一个正确的时代展示正确的才华和正确的为人风格

康　震

（北京师范大学教授）

贺知章和陆象先的见面，应该说对贺知章还是蛮重要的。因为未来，他要在京城谋取仕途，他肯定需要得到陆象先的支持，特别是后来陆象先还做到了宰相。所以应该说，贺知章跟他这位表弟之间始终保持了非常良好的关系。

贺知章的字在当时非常有名，特别是他的草书，他跟一代草圣张旭的关系是非常好的。我们现在可以做一个小小的假设，如果贺知章天天都在酒馆里头喝酒，每次都喝醉，喝醉之后都写很多的书法作品，那这些酒馆的老板岂不是发财了？这就说明，贺知章在当时的的确确不仅是一个很著名的诗人，应该说，还是一个非常著名的草书书法家。

有的人喝醉之后睡觉，有的人喝醉之后喜欢说话，贺知章喝醉之后喜欢写字，你给他多少纸他就能写多少字，这也是一种疏狂的表现，所以他后来叫自己“四明狂客”。可见，在喝酒和写字这个问题上，已经表现出了他内心的这种狂傲、狂妄，甚至包括疏狂的这样一种心态。

贺知章与当时的君王唐玄宗在一起，写过很多的应制诗，就是皇帝写了一首诗，做臣子的来应和。应该说，这些诗有它独特的文学价值，里面用了很多历史上的典故，里边的辞藻都非常华美。用我们现在的眼光来衡量这些诗篇，或许会认为它的文学价值不高，但是在当时，这些诗篇是很受世人重视的，它也是一个时代特有的标识。所以，这些诗在历史上有它独特的价值。

在唐朝，特别是初唐时期，当时的文化中心主要还是在北方，有一些南方人可能没有受到大家应有的重视，甚至有的人可能还看不起他们。但是不管怎么讲，贺知章是一个有才华的人，不管别人怎么看他，他的才华在当时颇受世人重视，这一点是谁想打压都打压不了的。

应该说，大唐王朝不断地向前发展，但是总会遇到一次又一次的坎坷。公元 726 年，贺知章的好友张说被罢相，这一时期，李林甫逐渐在政治舞台上崭露头角。到了公元 730 年，张说去世了。后来，贺知章的弟弟陆象先，就是那位很著名的表弟也去世了。到了公元 736 年，一代贤相张九龄也被罢相，李林甫担任了宰相。应该说，张九龄被罢相意味着唐代的政治开始逐渐地走下坡路。大唐王朝那种辉煌的盛世气象，正在逐渐地失去它的光芒。

贺知章在一首诗《偶游主人园》中说："主人不相识，偶坐为林泉。莫谩愁沽酒，囊中自有钱。"他这一生，官职还是比较高的，所以我觉得他囊中有钱，一方面，可能指的是俸禄；另一方面，他写诗写得好，写文章写得好，书法也不错，想必也有颇为不菲的润笔费。

贺知章的《咏柳》大家都非常熟悉，诗云：“碧玉妆成一树高，万条垂下绿丝绦。不知细叶谁裁出，二月春风似剪刀。”这首诗写得非常妙。第一句，“碧玉妆成一树高”，以往，人们都是把美女形容成柳枝摇摆，在这里，他却是把柳树形容成一个美女。“万条垂下绿丝绦”，也非常形象。但是最妙的还不在前两句，而在于后边两句。诗人突发奇想，“不知细叶谁裁出”，一片一片纤巧的柳叶，到底是谁裁出来的呢？是春风裁出来的。春风是什么？春风就是一把一把的小剪刀。这真是非凡的想象力，而且这种想象力富有童心。所以我们觉得这诗写得非常妙，既写出了早春二月柳叶刚刚绽放的样子，同时又为春风和柳叶建立了一个非常形象的关系。

《回乡偶书（二首）》其二中有这样两句：“惟有门前镜湖水，春风不改旧时波。”那么，知道他这次回乡，唐玄宗赐予他镜湖，也就是现在绍兴的鉴湖。唐玄宗把这一面湖都赐给他了，当然不只是让他欣赏湖光山色。作者实际上是说岁月流逝，只有镜湖不改旧时风貌，这意味着岁月虽然过去，自己已经年迈，但家乡依然美丽，也表达了自己对故乡的这份深情。

后代诗人对贺知章充满了敬意，一方面向往“四明狂客”这种非常疏狂的风范，另一方面对他的才华也是非常仰慕，他们对于贺知章奖掖后进的风范非常推崇。应该说，贺知章不仅是一个疏狂的人，他表现出了一种非常自我和自在的人生态度，同时，他又确实非常有才华，能够高中“状元”。再一方面，他在朝廷里面不仅做过高官，而且担任了非常重要的文化职位，他既是一个官员，又是一个杰出的文学家，还是一个杰出的书法家，他也是一个能够充分表达自己个性的诗人。所以，他受到了李白、苏轼等很多诗人的推崇。苏轼曾说：“狂客思归便归去。”来一场想走就走的旅行，说的就是贺知章这样的诗人。

贺知章的进退出处，可以说，成为后代文人的典范。他要做官，那么就高中“状元”，然后挺身进入大明宫里，跟当时的皇帝，包括皇亲国戚保持着非常友好的关系。他要退居乡里，到了年迈之时就主动提出这样的要求，不仅得到了皇帝的高度重视，受到了镜湖一面的赏赐，而且还有太子及百官为他赋诗送行。应该说，他的进和退都充满了荣耀，所以，“荣路脱身终自得”。他不像有的官员，到了晚年，或者在做官时，遭遇了种种不测，他可以说是安然隐退。同时，他诗书双绝，名垂青史，还有一副真性情。所以，我们说贺知章称得上是后代文人的楷模。

在初盛唐之交的时候，有相当一批诗人跟贺知章的诗风都是非常接近的。张九龄的诗句“海上生明月，天涯共此时”；张若虚的《春江花月夜》也出现了很多这样的句子，“江畔何人初见月，江月何年初照人。人生代代无穷已，江月年年只相似”；张说也写过类似的诗句；还有王湾的“海日生残夜，江春入旧年”。为什么当时这一批诗人会表现出这样的风格呢？第一，初盛唐之际的诗人都受到乐府诗的影响，汉魏乐府以来的诗，语言浅白如画。汉魏时代，特别是汉魏乐府里边有很多感时伤忧的作品。到盛唐时期，王朝走向兴盛，走向发达，人们在大一统的王国里都是意气风发的。所以，汉魏乐府的浅白如画的风格，加上诗人意气风发的志向，就发生了一个奇妙的转换和组合。诗人用非常浅白的、易懂的语言，表达了对于王朝、对于国土的自信与深情。同时，这一时期的五言律诗又发展得很快，所以，诗歌又体现了非常精工的格律。所有这些加在一起，就形成了这样一种诗歌风格。所以，应该说不仅仅是贺知章，而是当时的一批诗人，都为后来李白、王昌龄、王之涣、岑参、杜甫的出现，做了艺术上的准备，打下了非常好的基础。

“少小离家老大回，乡音无改鬓毛衰。儿童相见不相识，笑问客从何处来。”贺知章的狂是一种真心的表现，他并不是真的像我们想的那样狂妄，也不是狂傲。他的狂是相较而言，正常人在同样的情况下不会做这样的事情，所以，他的狂更有着怪的一面。这个狂和怪是指他很率性，他不愿意束缚自己的性情。比方说，他喝了酒之后，就开始写很多的字。再比方说，他虽然年纪大了，但他见到小孩，也能写出像儿歌一样的诗。那么，按道理这么大年纪了，头发都白了，老朋友一个一个都不在了，就会觉得很伤心，很孤独，他反而不是。所以，他的狂是指他的个性非常率真，而且他勇于表现出这种率直和率真，就跟同时期的人、同年龄的人不太一样。所以，这是他真诚、真性情的一面，这恰恰是初盛唐诗人一个非常重要的特点。

贺知章这样的诗人在当时那个时代，之所以得到大家普遍的推崇和尊重，很重要的原因是：第一，他是一个知识特别渊博的人。皇帝举行封禅大典这样重要的事情，也是向他求教，那说明他在礼仪典章制度这方面是非常渊博的，这是很重要的基础。他在礼部做侍郎，这是他的本职工作，他做得非常好，非常敬业。第二，他自己的的确确有这种天分。他考进士科考试能考得这么好，得到当时天子这样的赏识，是很不容易的。第三，他当时拥有很多的好朋友，这些朋友对他都非常推崇，像他对于李白也是很提携的。所以，在当时是有这样一种氛围，诗人们的性格普遍比较开朗，胸怀比较开阔。贺知章就是他们其中的一个代表人物，当时包括皇帝唐玄宗等人，也都是这样的个性。所以，他在一个正确的时代展示了自己正确的才华和正确的为人风格，因此一再受到后人推崇。

贺知章三十多岁离开了家乡，一直在京城做官。他对于浙东唐诗之路建设是一个主要的贡献者，具有本土的自信。这个地方诞生了很多以贺知章为代表的非常优秀的诗人。浙东的唐诗之路，有相当多的诗人都行经此地，居留此地，有的可能是在这里做官，有的是在这里旅游，有的甚至是在这里寻仙访道。这个地方人杰地灵，出了像贺知章这样在唐代赫赫有名的大诗人。这对于唐诗之路的建设而言，具有启发作用。它不仅造就了很多外来诗人的佳篇佳作，同时，也造就了本土诗人。那么，这样的本土诗人对于唐代诗歌发展的意义也是非常重大和深远的。这对于浙东唐诗之路的建设是非常重要的。

岂不惜贤达 其如高尚心

蒙 曼

（中央民族大学历史学教授）

贺知章在唐朝确实是一个诗坛领袖，李白这样赫赫有名的大诗人就是经过贺知章的提拔，才有了“谪仙人”这样一个称号。《饮中八仙歌》有皇室，有平民，有像李白这样的大诗人，但是，为什么把贺知章放在第一位？因为他的年资在，年纪在。但是，贺知章本人留下的诗并不多，《全唐诗》只收了十九首。所以，他处于一个什么样的位置？我觉得，要按照过去诗人的说法，这叫作“一朵忽先变，百花皆后香”。

初唐诗坛繁华绮丽。沈宋体把格律诗规范化了，但它的问题是比较空洞，没有真实情感。所以，当时有两员大将力抵这种风气，一员大将叫陈子昂，大家都知道他挥着一面大旗叫作“汉魏风骨”；还有一个名头没有那么大，但是在默默地做很多事情，那就是贺知章。贺知章举起了一种清新自然之风，讲情感，讲人情。贺知章生活的那个年代，咏物诗大行其道，如我们都知道李峤的“解落三秋叶，能开二月花。过江千尺浪，入竹万竿斜”。这个风代表诗人什么样的情绪？他是高兴的还是不高兴的？他是赞美的还是批判的？到贺知章这儿就不一样，《咏柳》也是咏物诗，“碧玉妆成一树高，万条垂下绿丝绦”。这树是个小姑娘，柳丝像小姑娘身上穿的衣服一样，这时候我们发现人和物有了交流，感情就产生了。包括我们熟知的《回乡偶书》，明白如画却打动千古人心。用最明白的语言讲最深厚的感情，这是贺知章一直在实践的，而后李杜等人把这种真正反映人情的诗风发扬光大，所以，到现在也说“唐诗主情，宋词主理”。诗里包含人内心深沉的情感，这是唐诗的一个非常重要的特点。而贺知章算是开风气之先，包括李白在内，也都能够跟随他的思想，践行这种主张。所以，才有这样的盛唐诗风扑面而来。

《答朝士》，我觉得它不是一首真正的诗。它其实是以四言诗的风格、很轻松自在地讲一件事情。这事情的背景是今天也同样存在的“地域黑”。唐朝正好处在中国的一个分水岭，南方已经起来了，北方逐渐在衰落。在盛唐，关中是政治中心，关东是文化中心。贺知章所在的吴地正在崛起，就会给人形成威胁的印象。所以，一方面人们有点儿看不起南方人，另一方面又觉得他们是个人物，甚至有点儿想打压。贺知章在朝廷里就处于这样的一种境地，他很喜欢讲话，可是讲话又带口音，大家一方面觉得他讲得很厉害，都讲不过他；一方面又说：“你看，蛮子。”所以，贺知章心里也是有一点不忿的，所以，他就写：“钑镂银盘盛蛤蜊，镜湖莼菜乱如丝。乡曲近来佳此味，遮渠不道是吴儿。”“钑镂”是雕花工艺，说明银盘很厉害，但是盛的却只是蛤蜊。蛤蜊在那时候的贺知章家乡一带是随随便便的小吃，在长安却物以稀为贵，拿着钑镂银盘去盛它。莼菜在吴中是野菜，但在这儿也被规规矩矩摆盘，当然摆得不那么整齐，因为它像豆芽菜那样软。我们家乡人一直很喜欢这个味道，没想到，现在你们也喜欢了。这时候，你们不说这是吴地来的东西，这是吴儿吃的东西了？你们怎么也吃上了呢？其实，这就是一个小诙谐，这里头没有愤懑，只是一种自嘲，这说明贺知章不是一个斗争派。后来，顾况有《和知章诗》，大意为，你们汉家的女儿嫁给我们吴人做媳妇了，那我们吴人都是你们汉人的爸爸，这就比较没有意思了，显得太激动。贺知章是一个放旷之人，性格豁达，知道地域黑有时候也不过是一句玩笑。他都是秘书监了，能真的被瞧不起吗？开开玩笑而已。贺知章这首诗也是以玩笑的心态来答复，我觉得这就好。到顾况那儿，就有点儿过了。

为什么说贺知章是诗狂？我觉得这个“狂”，主体可能不是讲他的诗，是讲他这个人，他的性格有狷狂的一面，意味着清高和自在。贺知章这一辈子没有真正卷入过政治斗争，这是一种清高。与此同时，他是个非常旷达之人，自由自在地挥洒着自己的个性。像杜甫《饮中八仙歌》所言：“知章骑马似乘船，眼花落井水底眠。”喝醉了酒的贺知章骑马像坐船一样，特别是到晚年之后，变得更加明显。“四明狂客”是他的一个自称，他就是来自四明山的一个狂人。“狂”表现在什么地方？他不介意。他不介意他的身份，不介意他的名声，他自由自在。比方说，喝醉酒掉到井里了，这是一种自由自在；拿金龟给李白换酒喝，这也是一种自由自在；他能够在八十六岁的年纪说要当道士，这仍然是一种自由自在。人们赞赏的是，唐朝这个时代能有这样的一种自由自在的气象，他的自由自在成就了他的一个好人缘，老小孩也成就了一个好名声。所以，我想“狂”主要体现在这儿，当然，还有他的一些生活佐证。贺知章不仅仅是一个大诗人，也是一个大书法家。他喝醉了之后，别人随便给他多少张纸，他都提笔就写。其实，很多人都利用这一点占他的便宜。这老头的字价值万金，如果我是一个小酒店的老板，我就给他拿一堆纸来写，以后都成为我的宣传广告。但贺知章不介意，所以我想这种不介意、这种自由感，其实是他内心真正的狂。

浙东唐诗之路其实是一条条路，是人走出来的路。这里头包括本土诗人，也包括外地诗人。这个地方山明水秀，到唐朝的时候，浙东这一带已经被充分开发了，经济生活非常丰富。诗人都喜欢繁华热闹，可也不能到那种小金库里去找诗人，那叫烂俗，所以，还要山水清幽。市井和红尘这样两者结合在一起，是浙东当时的特色。一代又一代、一个又一个的诗人，从这条路走过，但是这其中也分为本土的和外来的，感情不一样。本土的诗人，是把这儿当成家来看的，贺知章最后要落回这片土地上，镜湖水年年不改旧时波，所以，游子也要回到这儿。他们不用像后来的人那样办学修路，他这个人回来了，文化中心就存在了，吸引力就在那儿了。贺知章回乡之后，李白来看望他，却发现他已经去世了，只好怅然而归。可以想象，如果贺知章能够多健在几年，就会有一个诗人群体把那儿当成据点。有这么一个文化明星在，相当于一个火把在那里照亮这条道路，让后来的人看到前辈曾经到那儿去过，那么，我也去看看到底是怎样的。所以，一个“火把”就能变成一个链条。这个链条就是我们现在所说的浙东唐诗之路。

贺知章身上有几大名头，第一个是吴中四士，第二个是饮中八仙，第三个是仙宗十友。这就是他人生的一个序列。他先是吴中四士，是以吴中的一个诗人形象出现在唐朝的历史天空中，而后他又走了一段非常辉煌的、让所有人都羡慕的道路。他做了那么大的官，而且还那么自在，他是饮中八仙。五代之后，人们评价他是仙宗十友，说他是个神仙。想想看，一个人一生把这样的好处都占全了，让别人怎么看他？那当然除了羡慕还是羡慕。我们一般都讲“文章憎命达”，写文章的人往往命运很不好，“国家不幸诗家幸，赋到沧桑句乃工”。但是，贺知章打破了这样的一个魔咒，他处于国家最幸运的时刻，也是他最幸运的时刻，他人生并没有经历那么多的沧桑，他的诗句仍然清新可喜，仍然脍炙人口。所以，贺知章对于浙江的意义是什么？他诠释了一个东西，叫作幸福。这是一个真正幸福的诗人生活在最幸福的时代，又那么自由自在地享受着这个时代赋予他的一切，最后还能不眷恋。贺知章难得的一点是什么？他洒脱，他不眷恋，该放手的时候，他都能放手，这才成就他晚年的大幸福。所以，他才能回到家乡的怀抱里，安静恬淡地享受自己生命的最后时刻。因此，我觉得在该起来的时候能乘风而起，在该放下的时候人家是挥挥手，不带走一片云彩，这就是他的厉害之处。

我们把贺知章定义为一个伟大的诗人，唐朝文坛的一个伟大的长者。贺知章跟那个时代的政坛有一种若即若离的关系，但跟那个时代的文化是紧密交织在一起的。他最早中了“状元”之后，也是从四门博士起家，简单地说，就是像我一样在大学教书；然后，他当了掌管文化领域的官员；最后，隐退下来，也没有觉得自己的官职有多难丢下。在人生最荣耀的时刻，别人问他是当官好还是当学士好，他觉得还是当学士更好一些。这是一个自我定位的问题。他始终把自己和盛唐文化绑在一起，而不是把自己和盛唐官场绑在一起，这个就是他能够在千载之后留下名字的最重要原因。贺知章是一个令人敬仰的老人，因为他跟那个时代的文化在一起。

贺知章一辈子活得特别长，他活了八十六年。贺知章的主要成就完成于唐玄宗时期，他小的时候也经历过动荡年代，但那不叫乱世，唐朝前期始终是上升的。所以，贺知章生活在这个时代，对他正面的影响是什么？武则天给了他最好的机会，武则天重视科举制，重视文辞之事。贺知章恰恰是因为有文辞，会写文章，才能够成为那个时代的“状元”，才能够进入官场。贺知章始终是一个文人，在武则天、韦皇后和太平公主折腾得比较凶的年代，他一直在大学当老师，他一直在当四门博士，后来当更大的官，是在唐玄宗时代了。他人生经历了一段沉寂，而这段沉寂正是唐朝政坛最动荡的时刻，所以，他的沉寂和政坛动荡不沾边，他巧妙地躲过了动荡。这是不是因为他聪明？我觉得不是，他就是这样的人，因为，他自身的定位就是一个文士，他始终没有那么强烈的欲望，对于自己的定位始终清晰，所以，他才能知道自己在什么时代能干什么、该干什么，别人也知道什么时候用他，什么时候让他安安静静地待着。

贺知章做“状元”是在武则天时期。三十六岁当“状元”，年纪不算大也不算小，不能说武则天对他有什么特别额外的恩典。但当时，武则天重视进士科，本身对于江南人才就是一个最大的恩典。在武则天掌权之前，关陇集团在政治舞台发挥着比较大的作用，而江南实际上是在统一的过程中，贺氏、陆氏都属于很边缘的人物。科举考试的好处就是取士不问家世，只凭一张考卷看文笔才华，而这个恰恰是江南文士的优势所在。所以，在这样一个大的时代背景之下，像贺知章这样的人得以展示才华，并且因此进入文坛、进入政坛，这本身就是武则天对这一批江南文士的一个最大的加持。当然，这批文士也加持了唐朝，这是一个互利互惠的关系。不是说武则天施恩于他们，事实上，他们也施恩于大唐。所以说，有这样的一个好的政策，有一批人可以摆脱出身的束缚，进入这个时代的英雄行列，这是一个互相加持的关系。

关于贺知章入道，首先要明确贺知章当时已是八十六岁高龄了，在自行入道之前曾经生过一场重病，曾经有恍惚的行为，梦到过仙宫等这样的一些有吸引力的事物，所以，他辞官入道也是顺理成章的。我想，当时也确实存在一些政坛因素，比方说张说、张九龄已经不在政治舞台上了。贺知章非常赞赏的诗人李白也会写《远别离》。因此，他有这样的一种感觉，也是合理的。当然，如果说，他就是因为自己年纪大了，有一颗思乡和入道之心了，也是合情合理的。因为我没有更多的材料能支撑其中的任何一个观点，所以我倒更希望他是以一种非常安甜的态度回到故乡。他毕竟是高龄，皇帝唐玄宗去跟他告别的时候，也讲："岂不惜贤达，其如高尚心。"难道我不可惜他吗？难道我不想留下他吗？可是我又能怎么办？他有那么一颗高尚的心灵，有那么一个达观的追求。与其把贺知章向政治敏感度这个方向靠拢，不如说唐朝那个时代给了人多种选择，有人积极向上做积极公民，也有人愿意辞老抽灾回归故里。

《回乡偶书》到现在还是那么脍炙人口，这其中包含一个很深沉的东西，句内对是"少小"对"老大"。贺知章离乡的时候有那么"少小"吗？他三十六岁才中进士，按照我们今天的说法，这都是"前浪"了。这就要考虑到他是八十六岁才回乡，这是一个漫长的人生跨度。"乡音无改"让他在长安政坛也付出过一些小代价，他的口音在长安经常成为人们揶揄的对象。他觉得自己一直保持这种家乡的本色，但是，身上还是有改变了，头发都已经花白了，"鬓毛衰"对应"老大回"。那时候的少年已经变成一个老头，这两句相对还是平淡的。他这诗真正好在哪儿？打动人心之处在后两句。我们现在常常遇到这样的情况，小孩经常会在村头游戏，看见哪个客人来了，都会问："你哪儿来的？"贺知章在长安的时候，一直以为自己是长安客。他以为回来了，他就是主人了，没想到小孩会问他，这位客人打哪儿来。这就是我们说的一种游子心情。他只要离开家乡了，就永远是一个游子。在他后来真正落脚的地方，他是一个游子，等回来了，他仍然是一个游子，因为，他身上打上了长安的印记。他觉得自己什么都没变，还操着一口乡音，可是在家乡的小孩看来不是了，这就是人生的一种悲凉。可是，这种悲凉又通过最快乐的场景来表现，最生机勃勃的小孩子，什么心思也没有，不晓得这个年纪老大的人会有这么多的愁肠百结的情绪，这就是一句最简单的问话："这位客人，您打哪儿来？"小孩子没有想到，这句话有这么大的杀伤力和穿透力，一直从贺知章的年代穿到我们今天，我们仍然觉得这代表了天下游子的心情。语浅而情深，这就是贺知章所表现出来的诗风，也是唐朝的诗风，包括李白的《静夜思》等，这正是这样一批诗文能够感人肺腑的原因。

贺知章赏识李白也是一大贡献

钱志熙

（北京大学中文系博雅特聘教授、

中国李白研究会会长）

传统上说，李白只进入过一次长安，但是现在一般说，他是两次甚至三次进入长安。李白第二次进入长安是天宝二年，唐玄宗征召他做翰林学士。他跟贺知章相遇，应该是在第一次进入长安时，那时候，他还没有那么大的名声和影响力。李白本人在怀念贺知章的两首诗里有个小序，文章说，他在长安紫极宫遇到贺知章，贺知章称他为“谪仙人”。李谪仙这个雅号是贺知章叫出来的，后来，成为我们最熟悉的李白的一个雅称。谪仙是汉魏时期神仙道教的一种说法，意思是仙人在天上犯了些事被贬到人间。贺知章叫李白谪仙人，反映了贺知章的道教性质。贺知章八十六岁返乡，也是回去做道士。

有一天，贺知章到旅馆找李白，李白让他读《蜀道难》。贺知章说，惊天地，泣鬼神，太厉害了，诗歌的艺术效果强烈。《蜀道难》的确具有李白自己独特的风格，跟前面的唐代诗人风格很不一样。

贺知章慧眼识英才，他自己也不做像李白这种风格的诗歌，但是他能够认识到李白的天才。所以说，贺知章在当时是李白的一个发现者，是李白的伯乐。两人的地位悬殊，贺知章当时在文学上地位很高，而李白辈分很低，比贺知章还小那么几十岁。贺知章是当时的一代名流，在李白心目中地位本来就很高，再加上他们两个人有这么一段际遇，李白后来自然很怀念贺知章，写怀念贺知章的诗也是有原因的。

金龟应该是朝廷赐的很宝贵的东西，但是，他来了兴致就拿金龟去跟李白换酒喝。在当时，这样的行为带有一种狂放的色彩，同时也很风雅，不以金钱财物为意，这就是一种名士的做派。贺知章是太子宾客，是朝廷命官，身份地位很高，在仕途朝廷里面理应文质彬彬，各方面都很守礼。但贺知章当时叫“四明狂客”，他在个人行为方面，在一些细节上面，比如说喝酒、交往、游览，甚至在谈话这些方面，可以放纵自己和释放自我。狂客不完全是贬义，在当时来讲，是有六朝风流这样的一种意味在里面的。

贺知章是李白的前辈诗人，还不止前一辈。文坛上，二十年就可以算是两辈了。贺知章是跟陈子昂他们差不多时期的人，只是他活的时间久。陈子昂在诗坛地位很高，提倡汉魏风骨，贺知章跟他的主张应该是相近的，但他是从初唐典雅的风格中走来的。当时，考进士的文风应是比较讲究典雅、雕琢的，朝廷主流也是这一类。贺知章被称为一代词学宗师，所谓词学就是文学，朝廷主流风格的文学。所以，贺知章也是从这种作风里面走过来的，但从贺知章诗歌创作的风格来讲，有受到汉魏风骨的影响。贺知章的诗歌比较自然口语化，不是那么雕琢，不是那么文绉绉。贺知章的诗歌，尤其是绝句、五言律诗里，可以看出这样的一种作风。那么，我认为这是他跟李白之间的一种共性，他们在诗歌上有共同的趣味追求。李白是一个更加年轻的晚辈，是特别的、奔放的天才，有一种前无古人的创造力。老诗人贺知章认识到，这位年轻的诗人有很大的发展潜力，而且他的诗风好像是从来没有过的一种，又符合贺知章对于诗歌的自然风格的追求，所以贺知章会赏识他。

贺知章应该写了很多诗，他活了那么久，而且他的写作比较敏捷。他擅长书法，据说，他在长安街上，人家给他的纸有多长，他就能写多长的诗歌和文章。这一点，他跟李白也有共性。贺知章不是闭门觅字、冥思苦想的那种类型，是很敏捷的、构思很快的类型。这是因为他接受了汉魏风骨的理念，诗歌要走向自然，走向复古，不要那么雕琢。这方面，贺知章是先驱者之一，这个地位是比较明显的，对盛唐后来人产生了影响。盛唐时候有一种典型的风格，绝句带有口语化，音乐性很强，语言很自然，意向很鲜明。我认为，开启盛唐绝句风格的有两家，一家是贺知章，还有一家是张说，这两家开创了盛唐绝句的风格。王之涣、王维、王昌龄等都擅长绝句，而贺知章他们是这个风格的开创者。因为他的作品散轶得太多了，所以，对于他的地位，我们现在还看不太清楚。但实际上，光从绝句来讲，我们就可以认为，他是盛唐诗风的一个先驱，走入我们所谓的盛唐诗风的第一批诗人。

中唐时候的刘禹锡经过洛阳，看到有贺知章的草书就叮嘱僧人，好好地保护珍惜，把贺知章的真迹保护好。刘禹锡还写了“高楼贺监昔曾登，壁上笔踪龙虎腾。中国书流让皇象，北朝文士重徐陵”。皇象是三国东吴的著名书法家，也是南方人；徐陵是从南方到北方去的，贺知章也是从南方到北方去的。刘禹锡用皇象来赞美贺知章的书法，同时用徐陵的文章来赞美贺知章的文章，可见百年过去，在刘禹锡心目中，贺知章的地位还是很高。后来，晚唐像温庭筠这样的诗人，也写过有关贺知章草书的诗歌。因此，贺知章在整个唐代的地位就可以大略得出。此外，我们如何理解贺知章诗歌在唐诗中的地位？唐诗现在留下来大概有两千多家、五万多首，不断地还会有新的出土和发现，但不是说每一首我们都熟悉，比如唐诗三百首写出来的就是代表作。贺知章的几首诗，至少他的《咏柳》《回乡偶书》我们都会背诵。所以，贺知章是唐诗的代表性诗人之一，这个地位大体上可以确定。

贺知章作品散轶了很多。当时都是这样，李白、杜甫对自己的作品稍微尊重一点，会有自己整理好的集子。而整体来讲，初唐到盛唐的人都不太重视自己作品的收集和整理，王之涣也没留下来几首诗，孟浩然一辈子写了好多诗，集子还是去世以后他朋友帮他整理的。与后来居上的李杜等诗人比较，贺知章这一辈的诗人，对后人的影响相对来讲就少一点，这可能也是贺知章的作品没有及时被保存下来的原因之一。

朝廷为什么举行这么隆重的仪式来送别贺知章呢？一方面，贺知章当时的地位很高，是太子宾客。另一方面，他是所谓“四明狂客”，一个八十多岁的老人可以体现盛世，他提出请求，要回去做道士。当时，朝廷是崇尚道教的。我们觉得高龄的贺知章回家很正常，但在当时的人看来，他放弃了功名利禄和荣华富贵回归。这种情况在当时是提倡的，属于高尚的行为，朝廷需要这样有身份、有才学、好名声的典型，能够放弃个人的荣华富贵，去追求道教的“道”，所以才会举行这么大的仪式。把送别传为美谈，既是歌颂贺知章，也是歌颂朝廷，只有在这样的时代才出现这样的人。此外，其实送别是一个常规仪式，不仅贺知章还乡会举行，在李白辞别的时候也有送别仪式，只是没那么隆重而已。还有其他人，尤其是去学道的，去隐居的，一般朝廷都会举行一个规模或大或小的仪式，符合当时的制度。只是这个制度到了贺知章这里，比其他人的待遇要高得多，这与他的影响力有直接的关系。

接下来，说说中国古代道教发展的历史问题。“道”就是神仙之道，神仙之道在汉代就已经出现，到了魏晋南北朝形成了道教，贺知章、李白所信仰的就是魏晋南北朝时候形成的这种道教。贺知章的诗里也写到茅山道士。江苏句容茅山这一带有个茅山道，是正规道统下的“道”。道教在唐代越来越盛行，道教的“道”跟老庄的道德之道是相近的，而不是儒家思想的道。当然，贺知章也是儒家的人物，也可以说，他也体现了儒家的一些思想，但是他这时候回去做道士，所求之道就是道教的、道家的道。

贺知章也不是一般的告老还乡，他回去是做道士的，朝廷同意把他的房子作为道观，他就在那里修行，朝廷拉他一个儿子到会稽做官，就近地照顾他。贺知章回去以后，当然跟道教之流的人物有很直接的关系。王羲之书写了一个道教经典叫《黄庭经》，讲道教养生修仙的方法。李白曾经拿王羲之为山阴道士写《黄庭经》这件事情来比喻贺知章，“山阴道士如相见，应写黄庭换白鹅”。这些都说明他回去以后跟道教有直接的联系，甚至可能他回去后就是当地道教的一个核心人物。

浙东唐诗之路是浙江当地的学者在20世纪80年代提出来的概念。后来，大家觉得这个提法很有道理。当时，浙东唐诗之路的范围还主要局限在新昌那一带，我觉得这实际上应该是更长的一条路。浙东唐诗之路形成的原因是什么呢？东晋南渡的时候，大批的门阀世族从北方下来以后，到南方去开拓他们的土地，因此到了浙江，尤其集中在绍兴一带，往南一直到台州、温州一带，创造了历史上浙江文化的一个高峰。王羲之、谢灵运，从居住地来说，都是浙江人。到了唐代以后，这一带还产生了好多神仙的故事，尤其是天台山。李白非得跑到这个地方来，也有这样一个原因。这里是六朝风流集结的地方，他甚至想跑到温州去缅怀谢灵运永嘉太守的事迹。许多诗人都是追随江左风流的文化过来的，所以形成这一条所谓的浙东唐诗之路。当然有一部分人像沈约、贺知章等，是土生土长在这个地方的人。既有从外面来的、追寻浙东风流的诗人，也有本地的像贺知章这样的人物，唐代浙江文化的地位越来越高了，文学也逐渐发展。这个地方风光甚好，有神仙传说，又受六朝文化影响，本土的和外来的诗人的创作非常多，所以就出现了我们现在说的浙东唐诗之路这种文化现象。贺知章是本土的诗人，可他又是从外面回来的，他是浙东唐诗之路上很重要的诗人。

贺知章对于当下的意义，一是他创作的诗歌仍然是我们欣赏的作品，二是他对浙江地方文化的影响非常大。我们在介绍贺知章的时候，不应该只想到贺知章那个时代，而应看在历史发展中贺知章扮演了什么样的角色，起到了什么样的作用。建设现在的家乡文化必须了解历史，研究传统才能发展当代。再者，贺知章这个人本身是一个很好的人，很自然，也很正直，赏识李白也是贺知章的一个贡献。天才有时候也会被埋没，需要人去发现他、表扬他。贺知章本人出身实际上不是特别高，他对像李白这样出身地位不高却很有才华的人，有一种本能的喜欢。他看到青年李白的才气，就想到自己青年时候的情况。这些都是很好的品德，对今天而言，也是值得我们缅怀和学习的。

贺知章的政治生涯

赵冬梅

（北京大学历史系教授）

贺知章到首都之后，受到了陆象先极大的提携。这两个人是亲戚关系，陆象先说过，别的人如果长久不见，他并不想念，唯独贺知章，若是不见便会想他。那么，陆象先为什么提拔贺知章？首先，他们两个人得有一定的关系；其次，陆象先得有足够高的地位。陆象先和贺知章至少两代结亲，陆象先的母亲姓贺，来自贺知章的家族，陆象先的夫人也姓贺。当然，陆象先还得有足够的资本，才能够引荐提拔贺知章。贺知章来到首都的时候，陆象先已经是尚书了，是三品官，地位非常之高。陆家入朝为官者不只是他这一代，陆象先的父亲陆元方是宰相，所以，陆象先是宰相子，后又为宰相。陆家在首都的积累非常深厚，陆象先又那么喜欢贺知章。我想，也因为贺知章实在是个妙人，如果我们有这么一个可爱、有才华的亲戚，自然也会喜欢他。

唐朝，不管是科举制度还是官场，都是一个理直气壮的人情社会，因此如果有人引荐，发展是很不一样的。在陆象先的引荐之下，贺知章认识了张说等人，这些人后来都做到宰相。虽然贺知章没有，但是，后来他与这些人之间的交往会形成一个场，对他也是有帮助的。而且，这些人后来仕途的发展也确实都比贺知章要好。所以，如果我们从个人发展的角度来讲，毫无疑问，这些对他来说都是好事。

我们今天其实没有一个相应的机构是可以完全比对国子监的，唐代的国子监应该是什么？它应该相当于改制之前的京师大学堂，是教育部兼全国最高学府这样一个概念。贺知章到了京城之后在国子监工作，他既是一个主管教育的官员，同时又是一个老师，是这么一个双重角色。任何时代都一样，教育很重要，关系到国家的未来，但是主管教育的官员跟权力又有一定的距离。所以，我觉得这也是贺知章的运气，当然也可能跟他的能力、特征有关系，他是一个很幽默、很豁达、很可爱的人，但是，这样的人搞政治未必行。他运气很好，没有陷入真正的权力场里。国子监在首都，在地理位置上靠近掌握着国家命运的人，但如果从权力结构的角度来看，它又很边缘。国子监工资不会太高，但是因为掌握着教育和文化，别人都会高看一眼，能够正直为官，又不卷入其中。这是很符合贺知章性格的一个职位，我们应当说，他很幸运。

我们知道，张说和陆象先在太平公主政变的问题上的表现不一样，所以，后来这两个人在太平公主政变被平息之后的结局也不一样。陆象先是因太平公主的建议才当的宰相，但是，太平公主第一个看上的不是他，而是崔寔。但是，崔寔说："陆象先比我资格老，所以，你要提拔我，得先提拔他。"于是，太平公主荐引了陆象先。陆象先当了宰相之后，头脑还是清醒的，他努力跟太平公主之间保持着一个相对安全的距离。后来，当太平公主要谋叛乱，要推翻皇太子李隆基的时候，陆象先其实是反对的。在太平公主叛乱平定之后，他受睿宗的嘱托，去清理太平公主一党。但是，在这个时候，陆象先的表现也是努力找一个平衡，他还在尽量地保护，避免影响扩大化。陆象先毫无疑问受到了太平公主的提携，但是，在唐代特别是武则天以后，在波诡云谲的、翻云覆雨的政治斗争之中，他还是有一定的警惕。他在政治上是有一定格局的，他没有被处死，他不是死心塌地跟着太平公主走，但是，受太平公主引荐这件事情已经足够让他被拿下了。

但是，张说很不一样。张说在太平公主政变之前就已经是李隆基的人，他是李隆基的东宫侍读，是李隆基的老师，而且师生的关系非常密切。比如说李隆基的杨妃，后来肃宗的母亲，怀孕的时候，李隆基心里头非常紧张。他觉得他自己地位不稳，又觉得是不是这个时候生孩子不是时候，他想要打掉这个孩子，他去跟谁商量？他跟张说去商量，足可见这两个人之间是什么样的关系。太平公主被镇压下去之后，这个天下是李隆基的天下，李隆基当然要提拔张说。如果我们回过头去看，张说其实是没得选，或者说老早就选了，而陆象先是被选，因为他的位置在那儿，是一个各方势力都看得见、要重视的这么一个人。在这种状态之下，他是被动选择，可是，他还能保持相对清醒。所以，我觉得这个人厉害，而且不管是太平公主要笼络他的时候，太平公主要拿掉李隆基的时候，还是太平公主被打倒后要清洗太平公主余党的时候，陆象先都能够努力维持一个中正和平的态度，这个人了不起。

贺知章官僚生涯当中的一个贡献，就是重定了封泰山的仪式。封禅，应当说是汉代以后国家最高级的祭奠，但它不是常规举行的，它是要天下太平以后才去封的，那么，它最核心的内容就是皇帝本人到大家心目中最高的山，就是泰山。当然，我们知道泰山其实不是最高的，但是，在儒家的这种礼仪当中，认为泰山是一个重要的地方，皇帝到泰山上去祭祀天地是封禅最核心的内容。玄宗去封禅泰山的时候产生了一个问题，玄宗觉得封禅泰山是一个重要的仪式，所以要清静，不能搞得太热闹。而在被祭祀的这些神仙当中，有一个主神是昊天上帝，除了昊天上帝以外还有五方帝，大概就是五个方位的帝王。原本是将昊天上帝和五方帝放在一块祭祀，但玄宗觉得放在一块会搞得过于混乱，就请贺知章来讨论典礼。贺知章提出来的建议是，陛下说的对，确实昊天上帝和五方帝之间有着地位差，昊天上帝才是天神当中的皇帝，而五方帝都是他的臣。所以，昊天上帝和五方帝之间是有君臣关系的，既然如此，陛下作为人间的皇帝，可以在泰山上亲自祭祀昊天上帝，而五方帝作为天上的臣，就由臣子在山下祭祀。贺知章提出来君臣分祀，君指昊天上帝，臣是五方帝，于是仪式的排位少了，自然相对来说干净些，场面不那么混乱。玄宗觉得很好，就按贺知章说的来办了。

关于祭天的讨论，宋代以后才开始引经据典进行真正学理上的讨论。我认为，君臣分祀其实是玄宗的意思，贺知章只是支持了玄宗的想法。如果说作为一个礼官，真正要进行国家祭祀大典的讨论，应该把《白虎通义》或者各种礼典都搬出来，要调一大堆的书袋，最后才能论证出来这样才是对的。但是，贺知章跟玄宗的讨论，至少我们从史料上看就特简单。这是我个人非常粗陋的意见。这种讨论就是例行公事，既不会有文采，也不会有学理上的成果。但到了宋代以后，大家更重视这件事，而且君臣的学术积累都达到了一定程度，学术的成分就高了。不过，跟我们今天的学术不是一个学术，它是从儒家的逻辑上来说的。另外，国家的祭天大典也是一个重要的典礼，贺知章能够在封禅这样的超级别的大典当中发挥作用，说明他还是很重要的。我想，如果把封禅看作是天下太平的标志，那么，在太平的、盛大的演出当中，贺知章起了一个很重要的作用。

贺知章做礼部侍郎时，有很多的挽郎都是高干子弟。国家遇到丧事的时候需要一些服务人员，由礼部侍郎来挑选挽郎，结束后，挽郎就有机会被提拔做官。贺知章做礼部侍郎的时候，就赶上著名的岐王死了，岐王是唐玄宗的弟弟，就是杜甫诗中“岐王宅里寻常见，崔九堂前几度闻”的那个岐王。岐王是一个非常热爱诗歌、热爱艺术的人，他死了之后，这机会不就来了吗？一个人的死亡带来了很多的工作机会，贺知章在分配工作机会的时候，也可以想象他不可能面面俱到，照顾了这些，就照顾不到那些，于是，就引发了挽郎不满。这帮人都想上，贺知章又处理得不当，这帮人就把他包围了。包围了之后，贺知章的表现很符合他的性格，他登上了梯子（不敢出去），在墙头上露出脑袋，说：“大家不要担心，不要争，不要抢，还有机会。听说宁王的身体也不大好了。”当然，我们听起来会觉得很可笑，贺知章用这种损害官威和形象的方式，解决了一个问题。有时候不太体面，他也不在意。其实，贺知章用金龟换酒也是同一个道理，金龟怎么能够随随便便拿出来换酒喝，这是官员威仪的象征，但是，贺知章不太在意自己一些不甚得体的行为。这种不甚得体放到诗人的身上，放到这么一个诙谐可爱而无害的人身上，我觉得也很好理解了，他反正就是这样。要不是这样的话，那也就不是贺知章了。

我觉得如果从某种意义上说，这些不得体也是他狂的一面，他可能从来没把规矩和身份地位真正地放在心上。他见过世面，我觉得，在陆象先那儿他见足了世面，陆象先那么喜欢他，应该给过他机会。陆象先所经历的政治斗争，他在旁边看到了，他比陆象先大，他是表哥，但是，陆象先在政治上比他发育早，所以，贺知章在相对成熟的时候看到了争斗并保持了一定距离，能够全身而退。当他看到实质内容的时候，外在的东西就没那么重要了，所以不得体或者说狂也都正常。

玄宗很显然是欣赏贺知章的，不管是从学问上，从诗歌才华上，还是从对道教的崇拜上，所以玄宗请贺知章做皇太子的侍读。贺知章继续担任了肃宗的皇太子侍读，从开元二十六年一直到天宝四年他离开首都为止，这个时间应当是六年，所以肃宗是认他做老师的。他曾经在肃宗的身边陪读书，有这么一个师生之缘，玄宗和肃宗都非常重视贺知章。贺知章辞官回老家的送行仪式非常之盛大，大概应当是那个时代级别最高的一个送行仪式，皇帝亲自写了诗来送行，关键是皇太子还率领百官给他饯行，所以那个阵势是很大的。玄宗还允许贺知章的儿子回老家去当官，顺便照顾他，安排的职位也是方便儿子照顾父亲的。我们可以想象一下，那是一个须发雪白的老人家，像老神仙一样，由他的儿子搀扶着，肯定还跟着一大群随从，还有皇太子亲率的送行队伍。

贺知章过世以后，肃宗追封他为礼部尚书，在追封礼部尚书的诏书里，肃宗这样评价他这位已经过世的老师："故越州千秋观道士贺知章，器识夷淡，襟怀和雅，神清志逸，学富才雄，挺会稽之美箭，蕴昆冈之良玉。"用大白话来说，就是很可爱、无害又有才华。肃宗追封礼部尚书是很给力、很写实的，而且里面还写道："常静默以养闲，因诙谐而讽谏。""讽谏"二字，通常我们会理解成对皇帝的错误有所更正。如果这么理解的话，虽说表面上看贺知章是一个很无害的人，但他在诙谐幽默之中也曾经对朝政有所贡献。从这个角度去理解，这个评价相当之高，是肃宗给他这位过去的老师的最后的荣宠。

后世诗人对贺知章的态度，一直都是向往的、热爱的。比如，苏东坡就曾经说过“狂客思归便归去”，我想走我就走了，我想放我就放得下，他心中应该是羡慕的。后来，陆游也曾经写诗追怀贺知章。到明朝，还有人提到自己来到了山阴这个地方，可是却再也看不到贺知章了。但是，不管是看到还是看不到，他的诗都在。诗人之所以不朽，是因为诗在，所以无论那个人在不在，只要诗在，魂就在。

贺知章与三个皇帝的交集

叶 炜
（北京大学历史系教授）

陆家在魏晋以后是江南的大族，江南有所谓顾、陆、朱、张四姓，陆是四姓之一。陆象先的父亲陆元方是科举出身，做过鸾台侍郎、同凤阁鸾台平章事，也就是宰相。他的儿子陆象先是通过科举中的制举出身，官至中书侍郎、同中书门下平章事，也成为当时的宰相之一。

通过《新唐书》《旧唐书》的《贺知章传》可以略微了解贺知章。按照《新唐书》的记载，贺知章“证圣初，擢进士”，证圣是唐代的一个年号，695 年，贺知章参加了科举，中了进士。按照唐朝的科举制度规定，他应该在头一年的十月份就来到京城。从头一年的十月到第二年的春天，是他参与科举一系列考试的时间，包括参与一系列活动。武周年间科举请托的风气是比较盛的，在这个背景之下，如果陆元方、陆象先给他帮忙的话，我们推测，有可能是带他见了一些负责科举的官员。当时，负责科举的是吏部考功司。但是在我来看，科举帮忙的可能性还不大，为什么？因为，他 695 年中进士，他当官是先当了四门博士，又当了太常博士，《旧唐书》明确记载，是在贺知章做这两个官时，陆象先帮了忙，但此时已经到了开元年间，中间还有十来年的时间。所以，我觉得更有可能是，贺知章在当官这个环节上得到了陆象先的帮助，因为唐代科举中了进士，还并不能保证当官。中进士只是获得了当官的资格，从获得当官的资格到实际当官还有一系列的环节要走，比如，最重要的是要经过吏部的考试，经过吏部考试以后，还要有官缺，有了官缺才有可能去任职。

贺知章在国子监当过四门博士，这也是按照两唐书记载，他担任的第一个职位。国子监是唐代最高的教育机构，大体相当于今天的教育部。国子监下面有六学，分别是国子学、太学、四门学、书学、律学、算学。后三个很容易理解，书法、法律、算数，是比较专门的学校。前三个国子学、太学、四门学，其实是专门招收官员子弟的学校。它的等级不太一样，国子学教授三品以上官员的子弟，太学教授五品以上官员的子弟，而四门学教授的对象是七品以上官员的子弟。贺知章任职的四门博士，是教育这些官宦子弟的一个职位。

在我看来，武则天谈不上特别赏识贺知章。他中进士是证圣元年（695 年），当时进士考试应该是国家最高的选拔，是很重要的一件事情，也是很难的一件事情。现在，有的书上说贺知章中了状元，但是，我觉得可能不一定，我们看《新唐书》记载："证圣初，擢进士，超拔群类科。"只说他中了进士，没有记载他中状元。我猜想，后来有人说他中状元，可能跟后面"超拔群类"这句话有关。但是，所谓的"超拔群类科"，并不是说他在进士考试当中出类拔萃，而是唐朝制举的一个科目。唐朝科举分成常科和制举两类，常科指的是每年举行的进士科、明经科，而制举是不定期举行的，是皇帝临时下诏书选拔某一类专门人才的考试。唐朝的考生们，为了获得更多的升迁机会，往往是在常科考中之后接着参加制科考试，有的甚至都不止考一次，可能考几次制科。制举考中之后，可以更快地当官。我想，可能后人是没有准确理解“超拔群类科”，所以认为他中状元。目前来看，没有看到比较原始的材料中记载他曾中状元。在武则天之前是没有殿试这个环节的，在之后的唐朝也没有殿试，殿试成为科举中的一个环节是到了宋朝以后的事，增加殿试的这个环节，主要为了体现皇帝对这些举子们的恩德。武则天时代确实有殿试，但是，武则天时代的殿试是不是每年都举行？这个并不太清楚。所以说，武则天和贺知章在殿试上见过，只是一种可能而已。

武则天的政策是很重视人才的，不仅仅对江南，对各地人才都很看重，武则天时代选拔了大量的人才，为后来的开元、天宝盛世奠定了人才的基础。我们知道，唐朝建立的根基之一是关陇军事贵族集团，武则天上台以后，为了树立她自己的威信，就要打击关陇军事贵族集团。这就需要有新的给国家工作的人，于是，她就选拔了大量的非关陇军事贵族集团的人物。唐人对武则天用人给予了相当高的评价，史称：“当代谓知之人名，累朝赖多士之用。”

在贺知章（659—744 年）的整个政治生涯中，与他交集最长的皇帝就是唐玄宗。贺知章和唐玄宗之间发生关系主要是两个点，一是开元十三年（725 年）的封禅，贺知章在封禅程序上的一些建议，被玄宗采纳了。我觉得更重要的一点是，玄宗请贺知章担任了太子的老师，贺知章先后当过两位太子的老师。在开元十三年的时候，他被任命为太子侍读，同时担任太子右庶子。太子右庶子是个什么官呢？唐朝设太子之后，就建太子东宫，东宫里面也设立各种官僚机构，这些机构都是仿照中央机构来设置的，主要目的是训练太子对政治制度、行政运作的熟悉，便于他以后掌控整个国家。其中，右春坊的长官叫太子右庶子。侍读，从字面的意思来讲，就是陪太子读书，广义来说就是太子的老师。但要注意的是，这个时候的太子并不是后来的肃宗，贺知章是做前太子李瑛的老师。这时候，贺知章已经六十七岁了，这是他第一次当太子老师的经历。开元二十六年（738 年）又立了新的太子，就是后来的肃宗李亨。皇帝又任命贺知章为太子宾客，品级是比较高的正三品。太子宾客“掌侍从规谏”，也就是在太子身边，给他一些指点，至于有没有什么实质性的教育，我觉得也不一定。因为，贺知章这时候已经八十岁了，太子也已经二十八岁了，早过了基本教育的年龄，我想主要是指点指点。

唐肃宗，贺知章成为他广义上的老师，一共五年时间。五年后，贺知章告老还乡了，在告老还乡的环节上，无论是玄宗还是后来的肃宗，都给予了贺知章很高的礼遇。玄宗专门写了一首诗赠给贺知章。太子李亨率领宰相及以下的百官，一直送贺知章到长乐坡。贺知章过世后，肃宗还有一个赠官诏书，但这个并没有什么特殊的，礼部尚书的赠官也并没有反映出肃宗对贺知章特别的优待。因为，他在生前当的最高品就是正三品的太子宾客，而赠的礼部尚书也只是一个正三品的官，所以，并没有反映出一个特别高的礼遇来。

挽郎事件是开元十四年（726 年），惠文太子李范去世，他是睿宗的儿子、玄宗的弟弟。在唐代皇帝、皇后或者太子去世以后，要举行隆重的葬礼，这些葬礼当中的一些服务人员，是由高级官员的子弟们来担任的，这些人被叫作挽郎。在唐人看来，做挽郎这个事还挺重要的，官二代都很看重这个事，因为去做挽郎不仅仅是一个荣耀，更重要的是，做了挽郎之后可以直接进入当官的选拔程序，可使当官的速度提升不少。所以，这些官员和他们的子弟对做挽郎是比较看重的。而这个时候，贺知章是礼部的副官，他要负责这个事情，但他的处理并不好，弄得这些子弟们都不满意，所以找他来闹事。我们看文献的记载，说贺知章爬上梯子登在墙上，把头露出去，来跟这些人辩论处理这个事，因此获讥于世。其实，这也反映了贺知章的行政能力可能并不是太强。

贺知章的诗文没有结集，所以他的诗文散轶得很厉害。到目前为止，我们能看到的他的诗不过二十几首，这和他的大名不太相称。近十年，唐代的墓志不断出土，在出土的墓志当中，我们可以知道的至少有十方墓志是贺知章所撰写的，这个数字其实相当惊人。从今天的文集来看，我们知道像韩愈和权德舆这样的文坛领袖，在他们的文集中留下了很多墓志文，但即使韩愈和权德舆写了这么多的墓志，今天出土的还是十分罕见。而贺知章所撰写的墓志，到目前为止出土的已经确知至少有十方。如果我们反推回去，做一个推测，有可能贺知章撰写的墓志数量相当大，所以，才能在出土墓志中发现十方是他所撰写。学者们对贺知章的诗文散轶以及他墓志写得比较多，也有一个推测，就是认为贺知章性格比较狂放，经常喝酒写诗，写了又不注意保存，所以作品很容易散失。也有学者推测说，因为他喝酒的花费比较大，需要一些额外的收入。对唐代文人来说，给人家写墓志所获取的润笔费，就是这样一笔额外的收入，这或许与他为别人撰写墓志多有关系。

贺知章在文学领域确实很突出，他不仅仅是一个著名的诗人，还是个书法家，他留下的草书在书法领域地位也是特别高的。从一个官僚来说，他做的事情并不算太多，为我们所知的事情，主要还是在文化领域。唐玄宗开元十三年（725 年），是贺知章一生的巅峰。这一年，他六十七岁，同一天被授予礼部侍郎与集贤院学士。正像张说所评价的那样，当一个侍郎不过是一介官僚，而作为集贤院的学士，是当时文化领域的最高代表之一。我想，这也是能够反映贺知章特点的一个评价。

盛唐诗忧中有壮，相反相成的独特美感

刘 宁
（中国社会科学院文学研究所研究员）

贺知章是一位非常优秀的诗人。中国古代诗人，其作品能够家喻户晓、妇孺皆知的其实并不多，贺知章就是其中一位。他的作品流传这么久远，这就是他成就的一个体现。从今天传世的作品来看，贺知章留下的作品不多，《全唐诗》里只有一卷诗。经过陈尚君先生的考定，基本上可以确定，保存至今的贺诗有二十三首。他只留下这么少的作品，却在整个诗歌史上有一席之地，用古人的诗学标准来看，他是当之无愧的诗坛名家，是有个性、能够自成一家的诗人。

古人把唐诗分为初、盛、中、晚四个时期。盛唐诗是唐诗的高峰，但是，盛唐诗不是一蹴而就的。初唐诗歌不断发展变化，艺术不断成熟，逐渐形成了盛唐的艺术高峰。贺知章的成就，应该放在这样的一个演变过程中去看待。初唐诗歌的成就是什么呢？初唐诗歌比较注重语言形式上的推敲，同时，也注重表现优美细腻的情感体验。到了盛唐时代，诗风则风骨高举。在这样的背景下，贺知章

的特色是什么？这可以从他最有名的两首诗来看，一首诗是《咏柳》，还有一首是《回乡偶书》。

《咏柳》描写初春的柳树，诗人把它比作什么呢？初春的柳树就好像是一位年轻的女子，提到“碧玉”，人们就会联想到年轻女子。南朝梁萧绎《采莲赋》中写道“碧玉小家女”，由此有一个成语“小家碧玉”。“妆成”这两个字很值得琢磨，“妆”就是“梳妆打扮”的意思。我们再看第二句，“绿丝绦”的“绦”字也很有讲究，泛泛而讲它是一种丝带，可是，如果我们了解中国传统的民间工艺，就会知道被称为“绦”的这种丝带做工是非常讲究的，做一根绦子可能需要几十根丝线，经过复杂的缠绕，打出非常复杂的花纹和结构。绦子看上去是一根细细的带子，但是仔细去看，里边有非常复杂的纹路花样。用的丝线如果颜色不同，那么，绦子就会呈现出非常复杂的丰富的图案。贺知章把柳条比作丝绦，丝绦包含着精美的工艺，这和第一句的“妆成”放在一起理解，就很有意思。

这首诗的精妙就在这个地方，我们说自然界的美，花的红、柳的绿、春天的百花争艳，这是一种天然美，因为浑然天成所以美。但贺知章描写柳树，无论是梳妆打扮的“妆成”，还是把柳枝比作做工精美的丝绦，这都是用人工美在刻画，其中包含着人工的巧心和匠心，绝对不是不经意的浑然之美。这就非常有意思了，初春的柳树是因为具有人工之美的精致、精巧而让人感动，还是因为它体现了初春的天真而让人感动？这其实暗含着一种艺术上的矛盾，人工之美和天然意趣，在这首诗里，诗人把这两方面天衣无缝地融合起来了。“二月春风似剪刀”，呼应着这种矛盾，春风是天然的，可是它犹如裁缝手中那把灵巧的剪刀，用最细腻精工的匠心，裁剪出细细的柳叶，精巧已极而又极其天然清新。

在中国诗歌史上，能如此自然地将艺术上的对立因素融合无迹、相反相成的匠心之作，是不多的。一旦追求人工之美，就难免雕琢堆砌，失去天然神韵，可贺知章看上去不经意的这么几句诗，就做到了极精致又极天然，如此艺术功力非同寻常。贺知章诗歌传世数量很少，但我想，衡量一个诗人最重要的是他作品的艺术成就，而不是他作品的数量。唐诗为什么是中国古典诗歌的高峰？从历史上来看，它也不是以数量取胜，而是因为名家辈出，创造了无比丰富的艺术个性。

《回乡偶书》也非常脍炙人口。唐诗研究领域的著名学者林庚先生，在说到盛唐气象、盛唐人的精神的时候，说盛唐人很开朗、很豪迈，千愁万绪而仍然开朗。盛唐人开朗、豪迈、天真，并不意味着他们没有喜怒哀乐，而是说他们在表达自己的喜怒哀乐的时候，背后有一种爽朗的精神。贺知章这首诗就是这样，他老大归乡难免伤感，为自己离家太久、年华流逝。在任何一个时代，都不可能没有这种伤感，但是他表达伤感的时候，却有着独特的开朗与洒脱。

唐朝为什么产生了那么多优秀的诗人？因为唐代的诗人经历丰富、视野开阔。唐人有一个习惯就是漫游。古代出远门物质条件很受限制，更不要说各个地方之间文化上的隔绝。唐人的漫游要面临很多困难，比如，贺知章作为一个吴越诗人，他在诗中说自己直到晚年归乡，仍然乡音未改。这虽然可能有诗人的夸大，但他在现实中，应该是不仅没有尽弃乡音，还在很大程度上保留着乡音。他说乡音难改，这一方面是说他的乡音很顽强，但另一方面也透露出了长安这个城市的宽容和对他的接纳。他带着他家乡的口音，在长安这个地方也不是那么受歧视，还能够赢得那样的尊重。这就可以反观唐代的开放。杜甫跟贺知章关系也是不错的，他有一首诗怀念贺知章，说：“贺公雅吴语，在位常清狂。”很多像杜甫这样的长安诗人，对吴越有很美好的感情。杜甫有一次参加一个宴会，后来写了一首诗叫作《夜宴左氏庄》，他说欢乐的夜宴来了很多的客人，这些客人里边有的人讲话就带着吴音，一下子引发了他的江湖之思，引发了他对于吴越的那种向往。贺知章的乡音难改，能够让我们体会到一个很开放的时代。

初唐的时候有一位诗人叫宋之问，他写了一首诗：“岭外音书断，经冬复历春。近乡情更怯，不敢问来人。”他要回到自己家乡的时候，越走近家乡，心中越感觉到一种胆怯。可是，我们看贺知章写的是：“笑问客从何处来？”他把宋之问特别怕碰到的场景，大大方方写出来了。“儿童相见不相识”，你看，他们都不认得我了，还把我当成了客人。“笑问客从何处来？”这就是他的洒脱、爽朗。宋之问近乡情怯，他怕捅破那层窗户纸，但是贺知章就直接说，故乡的人不认得他了。古人说：“文章如日月，终古常见，而光景常新。”写诗要写出新意，每个人有自己独特的角度，背后就是诗人独特的性情。我们能够感觉到宋之问是一个很敏感的人，他的近乡情怯可以打动我们很多人的内心，但是，能做到贺知章这样洒脱的，并不多。我觉得，这可能是他自号四明狂客的原因，他的“狂”不是说要好为大言或者怎么样，而是说在别人近乡情怯之时，他坦坦荡荡、洒脱不羁。“儿童相见不相识，笑问客从何处来？”这样的诗句，是贺知章才情和性情融为一体的表露。

贺知章曾担任集贤院学士和秘书监，这些都是比较清闲的职位。在这样的职位上，贺知章自得其乐。他在仕途上并没有那么多的功名心和欲望，他靠自己的才情、襟抱赢得尊敬。如果不是有超逸的怀抱，他在长安名利场上可能会卷入很多的是非纷争。他晚年回乡时，有这么多人来送别，这也是和他的淡泊名利联系在一起的。这些为他送行的人，很多是发自内心写下那样的送别诗篇，不完全是简单的应酬。像李白这么傲气的人，也如此尊敬他。李白刚到长安时，是一个没有什么名气的诗人，但是贺知章对他非常好，还留下了金龟换酒的美谈。贺知章一定有很强的精神魅力和人格魅力，这很难用富贵功业去衡量。

苏轼喜欢贺知章，他一直非常推崇魏晋士人"高风绝尘"的精神境界。高风绝尘到后来越来越难以为继。贺知章之所以吸引后世的人，是因为他身上还有这种高风绝尘的神韵。他将自己的生命寄托在诗书之中，寄托在和周围才士的一种洒脱的交往之中。从功业的角度来讲，贺知章不那么成功，可是，他有他自己对历史的贡献。我觉得，这样的人对中国文化史的意义非常值得琢磨。

"吴中四士"身上有一些共性，首先，他们都是在武后大力提拔门第不太高的士人这样的风气下，走上政治舞台和文化舞台的。如果没有独特的政治文化环境，这些人恐怕很难脱颖而出。张旭跟贺知章在书法上有很多的交流，有很多的记载。张若虚跟贺知章之间相关的记载就非常少，但是，我觉得他们诗歌的创作有共同的取向。贺知章的诗融合了人工的精美与天然的神韵。张若虚的《春江花月夜》写游子思妇，是很缠绵的情感，可是，他把缠绵的情感放到了宇宙的背景下写。"江畔何人初见月，江月何年初照人。人生代代无穷矣，江月年年只相似。"他把人世间的悲欢离合书写得很辽阔。《春江花月夜》是初盛唐之交，艺术变化过程中很典型的一篇作品，这一点与贺知章的作品是很相似的。

毛泽东也很喜欢《回乡偶书》，因为诗中有伤感，但是更有一种爽朗和洒脱。陆象先说，他经常见不到别人没关系，但是他不能几天不见贺知章。贺知章能够让人在日常的喜怒哀乐里边获得一种意趣。这也很契合毛泽东的精神，毛泽东喜欢那种豪迈的气势，但是并不意味着他不伤感，他没有喜怒哀乐，可是忧中有壮，伤感之中还是要有开朗，能够将这种情绪处理得最好的就是盛唐人。盛唐诗在艺术上达到了相反相成的独特美感，让人的精神不会低沉到无以复加，也不会高兴到忘乎所以。这种艺术的分寸很难拿捏，这也是盛唐诗为什么是唐诗艺术高峰的原因。

高规格为贺知章送行具有意识形态构建和彰显太平盛世的意义

刘后滨

（中国人民大学图书馆馆长、历史学院教授）

武则天以女主执政，面临着很多的阻力。所以她要改变常规，接见级别很低的官员，面试来京的举人。这是树立政治权威的一种举措，是女性皇帝的身份带来的特殊举措，但这些举措在两三百年之后会慢慢形成制度。武则天冲破了魏晋几百年来高门大族垄断政权的政治局面。从北朝一直到唐朝前期，军功出身还是最受重视的。武则天要改变军功贵族对政权的垄断，虽然从隋炀帝以来，陆陆续续都在朝这个方向走，但是可以说，武则天终结了军事贵族垄断政权的局面。武则天大开制科，选拔文士，提高进士科地位，选拔官员的途径更加多元化。江南地区的读书人受写诗作赋的训练，经过几代人的积累比较有功底，南朝的文化本身也比北朝更具优势，所以进士科的渠道一打开，南方出身的官员人数迅速增加，地位得到提高。这是唐代历史上政治文化和社会结构的巨大转变，不仅对于唐代有意义，对整个中国历史也具有转折性的意义。贺知章生逢其时，他应举的时候也许并不会明确意识到，他碰到了一个好的时代，可事后反思，他的这一经历可能是划时代的。诗人比普通人要敏感一些，不管是贺知章还是后来的杜甫、李白，他们对时代的变化更敏感。

一般都认为贺知章家道衰落，是出身草根的文化人。我不这么认为，博士是七品官，没有背景的人只能九品官出身。陆象先让吏部把贺知章安排到比较重要的岗位，进士及第就安排做四门博士，这在唐代对于没有家庭背景的人来说非常难。贺知章起家的第一个官职超过了大部分进士及第授予的职位，实际上是陆象先向朝廷推荐了人才。唐朝的政治氛围较为开放，举子去考进士，先要找人写推荐信，还没开榜就能确定谁今年能考上，这叫作行卷。从家庭背景和家族交往来说，贺知章是江左风流的代表人物，能够比较完整地呈现吴越文士文化政治地位提高的过程。吴越地区的文士走向文化和政治的中心，武则天时代是一个转折点。

贺知章的姑父和表兄弟是陆元方和陆象先，他们都是唐朝前期吴越地区文化人的代表，也是江南文士进入朝廷后，在政治和文化上发展得比较顺利的代表。父子两人都做到了宰相，陆象先还两次做宰相，但他们毕竟是江南文士，在政治上不处于主导地位。他们没有受到接连不断的上层政治变动的过多影响，他们的仕途还是平稳的。这也反映出，他们以自己的文化优势来参与政治，唐朝对他们的任用基本上定位在文化教育和礼仪的部门。贺知章所从事的工作基本上也是教育文化礼仪，他采取的立身处世的态度跟这样的背景是相关联的。他要扬长避短，因为他并没有很多政治上的资源，但是他有文化上的优势，也有一种文化自信，所以，他敢于在文化教育事业方面发挥所长，甚至敢于在封禅这么重大的礼仪事件上发言。但是，在涉及核心的政治布局时，处于二线的他却不会积极发言。

贺知章以文化教育礼仪部门官员的身份，参与王朝的政治生活，并不是说远离权力中心。开元和天宝初年是盛世，一个治理卓越的时代需要文化建设，参与制礼作乐放在别的年代就是一个敲边鼓的工作，而在开元后期和天宝初年，则是唐王朝的核心工作，国家政治工作的重心就是制礼。八十多岁的贺知章，在长安非常耀眼，是官至三品的太子宾客。

开元十三年，唐玄宗从洛阳出发去泰山封禅，这是唐朝历史上的第二次封禅。对泰山封禅的理解，一定要放到时代背景里面来，在那个年代，封禅就是国家的政治中心工作，贺知章没有被边缘化。制定封禅的仪式，是相当重要的一份工作。此前，武则天以皇后的身份参与封禅，大出风头，她改变了传统封禅的很多仪式。而唐玄宗要扭转过来，尽量回归到中国历代封禅的传统仪式上，但这个礼学已经荒废了很长时间，很少有人能够真正理解古代典籍上描述的典礼仪式。理解有分歧，就一定要找最有文化的人，最懂得古代传统和能够理解经典的人来制定仪式，于是玄宗就授命贺知章完成此事。这是贺知章在开元盛世最亮眼的政治表现，成就了中国历史上最具特色的一次泰山封禅。

为什么说最具特色？秦始皇、汉武帝的封禅，面对上苍是战战兢兢的，而泰山封禅是要向上天宣告统治的成功，代表上天治理天下终于成功了。隋炀帝和唐太宗想封禅，但没封成，唐太宗做好了准备要去泰山封禅，后来被魏征这批人劝止了。唐高宗在武则天的推动下，举办了泰山封禅，但是武则天皇后太强势了，这不是传统的封禅。开元十三年的泰山封禅，是中国历史上最自信的一次泰山封禅。在唐朝建国百年之后，出现了一个前所未有的繁荣局面，边疆稳定、文化事业蓬勃发展，唐玄宗非常自信，要举行一次封禅大典。而贺知章被任命为这次大典整个仪式的制定者，是一个划时代的标志性的政治成就。

贺知章能够抓住开元盛世的时代精神，也能够理解唐玄宗封禅所要实现的政治意图。泰山封禅首先要体现大唐王朝的盛世气象和政治上的自信。过去的封禅玉牒在泰山要藏起来，后来到宗庙里面也要藏起来，不能够向公众宣示。这次，贺知章跟唐玄宗商量，贺知章说："我们这个时代没有什么可隐瞒的，不管是对百官、对天下百姓，还是对周边少数民族和外国首领，我们具有充分的自信。"所以当时宣读了玉碟，这在历史上从未有过。在泰山封禅仪式中，有典型的制礼作乐、歌颂太平盛世的乐章，除了一首五言诗之外，其他都是四言诗，用古体写就。用文学的语言呈现国家的成就和高度的自信，文学价值或许不大，但它是一个时代的标志。

为什么会出现挽郎事件呢？挽郎事件发生在开元十四年，即泰山封禅的后一年。泰山封禅带动了一批人入仕，凡是参与过泰山封禅的人都获得了一个做官的资格。理论上，开元中期进入太平盛世，获得做官资格的难度有点大，竞争越来越强，门第和军功都不那么被看重。而封禅开了一个口子，参与封禅的人突破了瓶颈，在竞争当中获得了优势。而挽郎也是获得出身的途径之一。第二年，唐玄宗的兄弟去世了，被追赠为惠文太子。下葬需要仪仗队，牵引灵柩、送唱挽歌的年轻的仪仗队员被称为挽郎。挽郎在丧礼完成之后可以获得做官资格，而且很快就可以被任命为官员，于是大家都去竞争。

泰山封禅已经放了个口子，选拔挽郎吊起了很多官员子弟的胃口，又有一个机会可以做官。贺知章是礼部侍郎，他负责选拔挽郎。

贺知章在具体的行政事务上是一个粗线条的人，我们不能说他完全不懂规矩或者徇私舞弊。他有些粗心大意，成天喝酒写诗，关注的是大的原则的制定，具体的工作就没做好，引起了官员子弟很大的不满。名单宣布后，很多人在礼部的办公厅外面聚会抗议。贺知章也不怕，他拿着梯子爬上墙，跟他们去解释、理论。挽郎都是六品以上的官员子弟，所以那些人就要去揍贺知章，在当时引起了很大的风波，最后唐玄宗把他调离了礼部。贺知章是一个很率性的人，自身级别也很高，他经过前一年泰山封禅的事件后，跟玄宗的关系也比较近，所以他也不怕得罪人。

现在，能找出来的贺知章撰文的墓志有十块，当然还有没被发现的，因为贺知章的文集没收全。这其中有他比较早年写的，也有他成名以后写的。有人说，和韩愈一样，贺知章写墓志是为了拿润笔费，我不认为他是为了润笔费。某种程度上，贺知章好表现，耳根子也比较软，官宦人家有人去世以后都请他写个墓志。他当然也是有原则的，不是什么人都写。他写墓志的主人基本上还是跟他脾气相投的，说他为了拿润笔费而写墓志缺乏证据。

贺知章做过两任太子的老师，唐玄宗以前立的太子是李瑛，贺知章有一个身份叫太子侍读。后来涉及皇室内部的斗争，开元十四年，唐玄宗一天杀掉了三个儿子。开元二十五年，后来的唐肃宗被立为太子，贺知章又是太子的老师，晚年甚至做到太子宾客，东宫最高级别的官员。贺知章文化积累深厚，懂得礼仪典籍，又从事教育的这种经历，唐玄宗非常看重他，让他来承担教育太子的这种责任。贺知章在萧山去世以后，唐肃宗比较晚才得到消息，后来下诏要追赠他为礼部尚书。礼部尚书在追赠的级别里面是很重要的正官的头衔。在诏令里面，唐肃宗对贺知章的评价非常高，表现了师生的深情厚谊。肃宗认为自己在开元后期风云诡谲的政治环境当中，能够安全地一路走来，这位老师有很大的功劳。他的悉心辅佐以及在政治和文化知识上各方面的教诲，都让他感念不已。

《饮中八仙歌》肯定不是写实，是杜甫对当时长安的文化名人、诗人群体的一种想象性构建，写的都是那些人的真实情况，但不是用一个场景来现场描述的。不过，张旭和张若虚这些人和贺知章见面的可能性比较大，因为时间上还是能够吻合的。

天宝三年贺知章告老还乡，唐玄宗御制诗来送行，皇太子及宰相以下的朝廷高官、著名的文人都来参加送行，都给他写诗送别。这个场景在唐朝历史上，在整个中国古代历史上不多见。那是一个唐玄宗最放松、最自信的时代。长安的人口多了，官员、军队、考生、读书人，粮食供应不上就把江南的粮运到长安来，此前已解决了三门峡的漕运问题。经济问题解决了，财政问题解决了，边疆形势也稳定了。那个时候安禄山并不是威胁，而是唐朝守边的栋梁，天下太平，泰山封禅也封过了，杨贵妃入宫有一段时间了，皇帝的个人生活也进入幸福的晚年。李林甫宰相打理朝政井井有条，唐玄宗甚至跟高力士说："很多事情让李林甫去处理，我就不用操心那么多了。"唐玄宗已经六十多岁，正面来说，真的是一个太平盛世，负面来说，比较懈怠，形势好到失去王朝发展的方向感。贺知章这个人物本身就有象征意义。在一个太平盛世，贺知章要奉道守志，回家是希望把自己的宅子设为道观去修道，而恰恰在天宝初年，唐玄宗多次祭祀轩辕黄帝，他契合了唐玄宗要奉道教为国教、奉轩辕黄帝为远祖的政治意识形态的构建。所以，贺知章返乡的标志意义在于奉道守志，契合了当时朝廷的政治取向。此外，他是高寿者，在一个太平盛世，有一个在长安生活了几十年，在诗人群体文人圈子里，包括在政治上都享有崇高声誉和广泛人脉的老人要回家了。高寿本身就是太平盛世的一个象征。中国政治上有很重要的尊重老人的传统，也是太平盛世的呈现。

说贺知章告老还乡和政治有关，有点求之过深了。贺知章总体来说，是由于身体原因，确实年事已高想告老还乡、信奉道教，成为一个方外的高人，但也不能完全否定他作为在长安生活很长时间、对高层政治介入也比较深的一个诗人所具有的某种敏感性。他的时代意义是高寿的奉道守志者，在天宝初年的太平景象当中是一道亮丽的风景。贺知章大概没有意识到自己退休的时候，这个帝国的内部已经隐藏着很多忧患。当时上上下下都没有太在意，是后来的史学家反思的时候觉得出问题了。唐玄宗的懈怠朝政，李林甫的专权独断，地方上节度使的军权过重，都是危险的信号。在天宝初期，大家都没有敏感地意识到，这恰恰是问题所在。这是个教训，越是没有意识到，对我们今天的教训就越深刻。安史乱起，盛唐气象戛然而止，盛世美梦一下子被打破。

浙东唐诗之路上的江左风流

胡可先

（浙江大学中文系主任、教授）

谈到浙东唐诗之路，贺知章是最具有标志性意义的一位诗人。在浙东本土诗人中，他是最著名的。后来，其他的诗人包括李白到浙东唐诗之路来，可能都受到贺知章的影响。这里就要谈到唐诗之路的渊源问题。唐诗之路在唐代最为兴盛，浙东唐诗之路以文化山水为中心，跟西北的唐诗之路不同，浙东唐诗之路在唐代以前文化山水已经非常发达。比如，东晋以后出现了好多很著名的山水诗人，最典型的就是以王羲之为中心的群体，四十多个人集聚于兰亭写诗，最后，王羲之写了一篇《兰亭集序》，现在流传千古。著名的山水诗人谢灵运就住在浙东，还有沈约等人也在这里做官。这样的渊源一直影响到唐代的诗歌，隋唐以后浙东产生了很多著名诗人，比较早的有虞世南，他是唐代的开国功臣，对整个唐代都是有影响的，同时他也是一个诗人，转变唐朝的诗歌风气，他的后代活动在浙东的余姚等地，影响是非常大的。再迟一些就是初唐四杰之一的骆宾王，骆宾王是我们大家非常熟悉的，他有一些写浙东风景的诗歌，还有现在儿童都知道的《鹅》。到盛唐的时候，产生了大诗人贺知章，他的诗名、文名、书法影响很大。贺知章吟咏乡土、怀念家乡的诗歌，也受前辈诗人的影响，有特殊的渊源。

他刚从家乡出去的时候，写了一首很好的诗歌《晓发》。《晓发》是他刚离开家乡到京城应举时所作。“江皋闻曙钟，轻枻理还舼。海潮夜约约，川露晨溶溶。始见沙上鸟，犹埋云外峰。故乡杳无际，明发怀朋从。”他以前大概没有离开过家乡，现在为了功名，为了实现自己的抱负理想要离开家乡。他从家乡出发到江边渡口大概有一两个小时的路程，那个时候应该是走水路，他起了个大早从家里出发到渡口。中间四句写景，描述钱江潮水的情况，海潮是夜里涨落的，到了早晨就云雾缭绕，这个时候，他离家已经有一两个小时，离得比较远，回望家乡已经望不到了，也就开始怀念家乡了。怀念家乡，一是怀念乡土的文化，二是要怀念亲朋好友。这首诗应该是他写得非常好的诗。根据诗中描写的风景等情况，我们推测，他这个时候所到的渡口就是当时的西陵渡，即现在的钱江三桥，也就是西兴大桥。五代时，西陵改为西兴，其地理位置古往今来没有变化。《晓发》还有一个四句版本的，读起来更精炼，更简洁好背。但这两个版本相比，八句的更好，更切合浙东唐诗之路，更契合贺知章离家赴京的情况。

不管北行是去京城求取功名，还是去做什么事情，一般来说，浙东的诗人大多会走西陵驿。西陵在唐代是非常重要的驿站，因为地形的原因，一两千年都没有变化，现在还建了著名的西兴大桥。西兴大桥的南边就是江南，还有一个西兴古镇，那也是浙东运河的起点。西陵在唐代是最繁盛的，人来人往。唐人要到浙东漫游、旅行或者做官，基本上都要走这条路，当然，南方文人要北上求取功名，也要从这条路走过。

贺知章对家乡的情感很深，他离开几十年，一直很思念自己的家乡。家乡的山水和乡音，在他出去以后仍印在头脑里，所以才有后来的《回乡偶书》。贺知章从京城回来以后，到了家乡，写下了这两首诗。我觉得，浙东那么大的一块地方，都是他魂牵梦萦之地，但对他影响最大的，还是他小时候住的地方。“少小离家老大回，乡音无改鬓毛衰。儿童相见不相识，笑问客从何处来。”贺知章回来也要经过刚才讲的西陵渡，过了钱塘江以后，他肯定先到自己的家乡，这首诗写的时间应该比后面写镜湖的要早一点。天宝三年，贺知章回乡退居的时候，他的家乡就变成萧山县了。因为，天宝元年，唐玄宗对全国州县进行了一次调整，有些县的名称做了更改，永兴县改为萧山县，直到现在名称一直没变。他的家乡到现在还有些争论，这是好事。

实际上，在他离家赴京之前，对他影响比较大的，还有越州的镜湖。所以，才有后面的一首诗：“离别家乡岁月多，近来人事半消磨。惟有门前镜湖水，春风不改旧时波。”他出去几十年了，回来以后江山依旧，镜湖还是一样的，但是人、事已经变化很大，甚至面目全非。他就写出了如此感慨，在感慨中特别隐晦地流露出对家乡的一种挚爱，也是因为这样，他才乡音无改。像我们现在，往往就不是这样的情况了，出去几年就改了乡音。贺知章这两首诗一直受到后人的传颂赞扬，与他对家乡的感情表现是有关系的，与他所抒发的感慨也是有密切联系的。对于家乡的感情，是文人千百年来所共有的东西，除了诗本身写得好以外，还有一些能引起共鸣的情感蕴涵其中。

贺知章与家乡有关的诗歌，还有《采莲曲》，我觉得，这首诗应该是他回到故里写的。“稽山罢雾郁嵯峨，镜水无风也自波。莫言春度芳菲尽，别有中流采芰荷。”《采莲曲》这首诗基本上是写风景，把浙东这个地方的景色写绝了。第一句写家乡的山色，突出了会稽山；第二句写家乡的湖光，突出了镜湖这样一山一水的映衬与对比。那么，第三句他写的是什么呢？就是整个春天的情况，是综合起来的风景。光写春天，光写风景，就有点泛泛，就必须读到第四句。第四句是特写，强调芰荷这种最能体现浙东或者越州风物的东西。这首诗写得好在哪里？我觉得，好就好在最后两句写两种景色，不是平铺直叙的，而是转折对比写出来的，以山色跟湖光为背景突出了芰荷，聚合了这样一种风光，确实达到了诗中有画和画中有诗的境界。所以，这首诗是描写唐诗之路的非常重要的诗。

《采莲曲》不仅是景色的表现达到了诗中有画的程度，其中更蕴涵了贺知章对家乡的挚爱。因为蕴涵了这种感情，情景得以交融起来，这对于后代诗人当然也会有一定影响。比如，白居易的“人间四月芳菲尽，山寺桃花始盛开”，从写景、表意方面都受到贺知章的影响。贺知章对后代诗人的影响力很大，他的这些诗歌影响到了白居易，白居易又增加了佛理的内涵。贺知章不仅对白居易有影响，对民间社会也有广泛的影响。在长沙窑出土的瓷器里面，有一些关于诗歌情景的表现也跟贺知章的诗歌有类似的地方，说明贺知章的诗歌在当时地位比较高，影响比较广泛。

江左风流，或者说江左风气，在贺知章身上体现得比较集中。江左风流是从南朝以后，也有说法是从西晋、东晋以后，在浙东形成了特殊文化，包括我刚才讲的像《兰亭集序》表现的情境一样，贺知章的狂放就是受到江左风流的影响。后来，并未出生在江左的人来到浙东后，在长时间的接触和熏陶下，也会受到江左风气的影响，包括受贺知章影响的李白，他在后期也体现出江左风流，这与他不止一次地到浙东唐诗之路漫游，有很大关系。也就是说，浙东唐诗之路的江左风流，跟这一路上的本土诗人和漫游诗人，都是能融合的。这也是浙东唐诗之路的一个特点，能体现和容纳具有江左风流特点的人物。

“谪仙人”李白为贺知章所作的诗

薛天纬
（中国李白研究会原会长）

贺知章和李白见面应该是在天宝元年，这一年，李白四十二岁，朝廷请他入朝进翰林院，贺知章八十四岁。当时，贺知章的年龄正好是李白的一倍，这是非常奇妙的一个情况。李白奉诏入朝时，并不是完全的无名之辈，不然，玄宗皇帝也不会关注到他。但他的诗歌在社会上的影响，恐怕还不能说人人都知道。贺知章主要是向大家普及了一下李白，李白能成为普通人都关注的诗人，贺知章在其中起到了关键作用。李白一生都想着能到皇帝身边，进入朝廷成就一番事业，但他一直没有机会。奉诏入朝时，李白非常激动，离家的时候写了《南陵别儿童入京》:“仰天大笑出门去，我辈岂是蓬蒿人。”诗句既活画了他的神态，也表现了他的心情。

贺知章这个人的性格比较随和。唐朝社会开放，贺知章这样一个高官，也可以到李白住的宾馆与他见面。贺知章本身就是诗人，他可能就很想见识一下，李白是一个怎样了不起的诗人，玄宗皇帝居然会请他来。孟启《本事诗》记："李太白初至京师，舍于逆旅，贺监知章闻其名，首访之。"二人见面以后，是什么情况呢？首先，李白的风度仪表，令贺知章大为震撼。李白的外表可能是个美男子，应该说很帅。对于李白的相貌，他的一个朋友魏颢描写过："眸子炯然，哆如饿虎，或时束带，风流酝籍。"眼睛里边两个黑眼珠炯炯有神，眼睛一睁就像饥饿的老虎一样。贺知章一见面就被李白这个形象震慑了，就觉得不简单，皇帝请来的这客人不是个一般人。李白应该有所准备，从他的诗里面挑出一首他认为最有代表性的，最能显示他的水平的，交给贺知章老前辈来看，拿出的就是《蜀道难》。贺知章看了以后，还没有读完就不停地赞叹，完全被吸引了。这样的诗一般人写不出来，只有"谪仙人"才可以。"谪仙"用老百姓的话来说，就是文曲星下凡，从天上来到人间。贺知章与李白的性格有很多相似的地方。孟启《本事诗》记载，"期不间日"，这以后二人每天都有约会，一天都不间断，不知道这是夸大还是真有其事，但起码是频频见面。这下子，人们都知道李白了，贺知章对他那样看重，他们关系那样亲密。因为贺知章的原因，李白的名声就大起来了，社会影响也扩大了。尽管，皇帝之前也已经知道李白，并且请他来，但是，关于李白在社会上知名度和影响力的提高，这次见面肯定是一个至关重要的转折点。这就如同一颗原本被埋没的明珠，一下子被发现了。所以，说贺知章是李白的伯乐，一点也不为过。

杜甫有著名的《饮中八仙歌》，他们在什么地方喝酒呢？最大的可能是在长安西市。长安有两个商业中心，东市和西市，其中，西市是最著名的商业区。这些年，西安把西市恢复了，从地下考古发掘确定它的位置，接着在地面上恢复重建，当然，重建以后的西市盛况绝对不能和唐代相比。

史书记载贺知章的特点是性狂放，又喜欢饮酒，李白也是斗酒诗百篇。金龟换酒这个场面，我们把它复原一下，两个人要饮酒，贺知章没有带钱，就用金龟换了酒。金龟是个什么东西呢？它是个装饰品，或者说是工艺品，它不代表佩戴者的身份，不是朝廷给他的。如果是朝廷给他的，不可能随便拿出来换酒。2015 年，在吉尔吉斯斯坦举办过一个关于李白的国际会议，有一个古董店老板是俄罗斯的一位历史学博士，他展示出一个金龟，长度大概是四厘米，有一个上盖和一个底盘。这可能是唐代人们经常佩戴的饰品，盖子盖起来以后，它就是龟的样子。龟背上有花纹，底部写有这个人的身份官职，就像今天的名片。我们在吉尔吉斯斯坦看到的金龟，它的主人是一个出身石国的名叫“石沙陀”的武官，这是我唯一见过的一个真实的文物金龟。贺知章金龟换酒这个故事流传至今，当时肯定更为轰动。

贺知章读过李白的《乌栖曲》后说，此诗可以“泣鬼神矣”，不但可以感动人，还可以感动鬼神。《乌栖曲》这首诗比较短，讽刺了吴王夫差。李白写古体乐府诗都和现实有一定关系，可以解读成对玄宗皇帝的看法。唐朝天宝年间已经走下坡路了，唐玄宗和杨贵妃“春从春游夜专夜”，李白在朝廷里面待着，对唐玄宗有所了解，用这首诗来表达个人看法，也算是作为臣子的责任。那么，这就不可能是李白和贺知章第一次见面时读到的诗，应该是在贺知章离开朝廷前后的那段时间，李白可能从近距离的接触中，感受到了玄宗皇帝负面的东西，所以写诗加以讽谏。贺知章为什么在这个时候要求离开朝廷？我们推测一下，也不排除他对朝廷有一些看法，认为还不如早点离开算了。贺知章为官时间如此长，在唐朝官员里也是特例。他做三品官的时候都已经七十九岁了，居然还能升官达到他仕途的顶点，在唐朝，起码在文人里面还没有第二例。退休时受到如此礼遇者，除了他，也找不出第二个。玄宗皇帝把镜湖这块风水宝地都赐给贺知章，作为他的私家花园。他离开长安的时候，太子以下左右相都到长乐坡送行，皇帝也亲自写诗，盛况空前。李白送贺知章的诗在《全唐诗》里面的标题是《送贺宾客归越》，但陶敏先生考证在敦煌文献里不这么叫，一般认为敦煌卷子的东西都是更接近原貌的。已故的陶敏先生令人敬重，他是唐诗研究界考证功夫很深的学者，也是我们都很熟悉的老朋友。

李白做了三首有关贺知章的诗。

第一首诗是："四明有狂客，风流贺季真。长安一相见，呼我谪仙人。"李白很感恩，用他的诗再一次证实了两个人在长安见面的情况，贺知章如何去褒扬他、赞美他，来扩大他的社会影响。前面四句是回忆往事，感恩贺知章。后面四句，是凭吊贺知章。"昔好杯中物，翻为松下尘。金龟换酒处，却忆泪沾巾。"当年，他们两个人都喜欢喝酒，而如今贺公却变成"松下尘"了，李白写到这里不禁流下了眼泪。

第二首诗："狂客归四明，山阴道士迎。敕赐镜湖水，为君台沼荣。人亡馀故宅，空有荷花生。念此杳如梦，凄然伤我情。"这首诗回顾了贺知章离开朝廷时的情景，写到山阴道士。前后两首诗是有呼应的，"凄然伤我情"，足可见非常之伤感。

还有一首《重忆》："欲向江东去，定将谁举杯。稽山无贺老，却棹酒船回。"这首诗是李白为贺知章写的，没有问题。写在什么时候？关于这首诗的题目，有两种说法，一种是《重忆》，另外一种是《访贺监不遇》。我倒还更赞同《重忆》。上门去看望一个人，但是对方不在家，这叫"不遇"。而"重忆"是两首诗写完之后，意犹未尽，再写一首。李白这次来越州，就是想再次拜访贺知章。他心里想的是跟谁一起饮酒呢？贺知章。但是，没有想到贺知章已经去世了，他只好划着他的旧船离开。乘兴而来，最后留下这样的遗憾，没有第二个人可以代替贺知章。《重忆》就是再一次抒发他的感情。《访贺监不遇》则好像是他不知道贺知章已经不在人世的消息，结果吃了闭门羹。而李白这次重寻贺知章，来之前信息交流不便，不知道贺知章去世，但他到了绍兴以后就应该很快知道贺知章去世了。贺知章这样的人在当地去世，应该人人知晓。李白去拜访贺知章，家里没有人在，写了这样一首诗的可能性，我觉得不太大。“不遇”是指今天没见到对方，但没有说这个人已经不在人世了。

《月下独酌》是李白的名篇：“花间一壶酒，独酌无相亲，举杯邀明月，对影成三人。月既不解饮，影徒随我身。暂伴月将影，行乐须及春。我歌月徘徊，我舞影零乱。醒时相交欢，醉后各分散。永结无情游，相期邈云汉。”很多诗论家都分析过这首诗。表面看起来，这首诗写得很有情趣，诗人心情很好，但实际上，抒发的情感是很孤独的。这首诗是春天写的没有问题，写在长安也没有问题，而李白当时已经失意，打算要离开朝廷了，李白身边没有一个朋友，就写这样一首诗来抒发孤独无依的感情。我们做一种合理的推想，他脑子里面可能会出现贺知章，遗憾的是，贺知章已经离开长安了！当然，这也只能说是一种猜测。

贺知章草书《孝经》小议

王冬龄

（中国美术学院教授、现代书法研究中心主任）

贺知章，唐代的大诗人，他和李白有一段深厚的“金龟换酒”的友情，杜甫《饮中八仙歌》称：“知章骑马似乘船，眼花落井水底眠。”看来，他也是一位著名的酒仙。同时，他又是一位著名的大书法家，在唐代众多书法家中虽然没有享有很高的声誉，但是，今天我们能看到他的一件经典作品——草书《孝经》。

这一件作品后来流传到日本，在中国，应该说发现和欣赏它的时间不是那么长，但这一件作品代表了唐代草书的最高水平。孙过庭的《书谱》可以说是中国草书的经典，而贺知章的《孝经》，从艺术风格和笔法来讲，与之具有极大的相似性，都传承了王羲之的魏晋书风。贺知章的这件作品，和《书谱》不一样的地方在于，线条非常充分自如，又非常酣畅，草书最重要的就是要流畅。所以，《孝经》既带有章草的特点，又写得这么流畅，这个是很难得的。《孝经》的字比《书谱》也略小一些，写小字本身就难了，同时用草书来表达，更加的难。这就说明，贺知章的运笔技巧非常高。

贺知章做过太子宾客，相当于中央图书馆馆长这样的职务，他有深厚的修养和一种宽广的、洒脱的、浪漫的情怀。所以，他的书法所体现出来的高、秀、雅的风韵，是一般人达不到的。很有意思的是，一般写经都是用楷书来写的，《孝经》作为儒家十三经的最经典的一部经文，贺知章选择用草书来写。这可能反映了两个问题，一是他用一种艺术的表现方法来书写发挥自己的这种理念和性情；二是他对这种经典了然于心，非常熟悉，甚至倒背如流，所以可以用草书来写。

可以这样说，贺知章是唐代最有名的书法家。他比孙过庭要大四十多岁，当时的地位又很高，他的书法在唐代一定产生了较大的影响，特别是对同时代和比他晚一辈的人来说。我们今天来看他的代表作，《孝经》确实是艺术性非常高的作品。他所体现出来的一种气质也是不一般的，所以，应该说《孝经》代表了唐代草书的最高水平。

贺知章确实是一个非常传奇的人物。在那个时代，他能活到八十六岁，说明他对于养生也有一定的方法。他在早年的时候，跟张若虚、张旭和包融并称“吴中四士”。他跟张旭还有姻亲关系，应该是儿女亲家。张旭是唐代狂草最具有代表性的人物，所以，我觉得这对贺知章的书法可能也有影响，他们相互之间应该是有交流和接触的。更主要的是，贺知章喜欢交友，属于很浪漫且非常豁达的人，所以，他和李白也有着深厚的友情。李白的一首著名的诗讲道：“镜湖流水漾清波，狂客归舟逸兴多。”李白把他称为狂客，下面两句就是：“山阴道士如相见，应写黄庭换白鹅。”实际上，李白把贺知章比喻为王羲之，说他的墨宝非常宝贵。

中国有一句话叫：“书为心画，字如其人。”在《孝经》中，我们能够感受到贺知章虽然是一个达官贵人，但是他又很性情，是很有文人、诗人气质的一个人。所以，他笔下确实有特别的风韵，这样的作品是非常宝贵的。中国历代流传下来的最宝贵的书法，都蕴含着作者的精神性和情感，以及他们的人格魅力。

贺知章的人生是儒和道的完美结合

劳春燕
（中央电视台主持人、籍贯绍兴）

先说说我对贺知章的整体印象。我觉得在唐代的诗人当中，贺知章是一个很神奇的存在。为什么这么说？第一，他非常长寿，活了八十六岁，这在一千多年前的唐朝几乎是不可想象的，太了不起了。第二，贺知章的人生还特别顺。我们说才子一般都命运多舛，最典型的比如杜甫科举失意，后来还碰上了安史之乱，颠沛流离，所以，他就会有很多的感慨，像《茅屋为秋风所破歌》《春望》等。但是，贺知章生活在一个太平盛世里，他的人生际遇特别的平顺，几乎没有太多的大起大落。他从三十六岁中“状元”后就一直在京为官，当了差不多五十年的京官，从一开始的四门博士到后来的礼部侍郎，再到最后给太子当老师，做太子宾客，仕途一帆风顺，这也是很少见的一件事情。第三，贺知章最后告老还乡是哪一年？公元 744 年。这一年在唐朝历史上是非常特别的一年，因为，就在这一年安禄山当了平卢节度使，就在这一年唐玄宗开始宠爱杨贵妃，当时还是杨玉环。

就在这样一个很特别的年份，几乎可以说是大唐变局的前夜，贺知章告老还乡了。而且他是荣归故里，他走的时候，唐玄宗写诗为他送行，太子和文武百官都去为他送行。像他这样能够为官五十载，最后全身而退的人，是不是算得上是非常神奇的存在？所以，我在看贺知章生平的时候，经常会有一种感觉，他实在是太命好了。我们乍一看会觉得这个人的命那么好，但其实在一个人命好的背后一定有他的道理，可能是因为他的格局，或者是他的人生观。

为什么大家会管贺知章叫“诗狂”？或者说，为什么他会自命为“四明狂客”？我觉得，“狂”与其说是一种性格，更不如说是一种人生的态度。这种狂不是见人傲慢无礼，这种狂其实是对功名的一种豁达，对于世俗的一种不屑，是对于那些清规戒律的看淡，或者说是活出真我、活出自在、活出快乐。就说两个最简单的例子，第一，我们知道杜甫写过《饮中八仙歌》，第一位就是贺知章。他那句诗是怎么写的？“知章骑马似乘船，眼花落井水底眠。”大家可以想象这是一个什么样的场景？一位老爷爷喝醉了酒，骑在马上前俯后仰、摇摇晃晃，一不小心就晃下马来，还晃到了井底，接着还索性就在井底睡着了。多可爱，一点都不像是太子的老师。第二，贺知章交朋友从不看对方的身份有多好、地位有多高。贺知章见到李白的时候，是什么样的身份？是太子宾客，皇帝身边的红人。李白是什么？就是一介布衣。两个人的年纪差了整整四十二岁，在那个年代，贺知章完全可以给李白当爷爷了。但是二人一见如故，李白拿出《蜀道难》，贺知章看了以后赞叹不已。他当时是两眼放光，连说：“你真是太白金星下凡，你真是谪仙人。”李白的“谪仙人”这一称号，就是这么来的。所以说，他一点都不拿自己当大官，或者是当前辈高人来看待，反而是非常平等。两人都喜欢喝酒，这下子好了，碰上了酒友。“李白，咱们俩赶紧出门去喝一杯，好好聊一聊。”结果到了那儿一看，忘了带酒钱。“没事，这身上不是有金龟？”贺知章直接将金龟交给店小二换酒，这便是金龟换酒。金龟是什么？那是三品以上的官才可以戴的配饰，就被他这么随随便便拿去换酒了，可见得他有多么的不在乎。但是，也正是因为这样的不在乎，才让他显得如此的可爱，才让他被那么多人喜欢。

我只是将心比心地想，为什么后代那么多文人会喜欢他，包括跟他交往过的那些文人，为什么会那么喜欢他？我想可能有几方面的原因。

第一个原因，毫无疑问，贺知章是非常有才的一个人。他有诗才，他写的诗清新质朴。我们现在看，觉得清新质朴的诗人多了去了，但是，要知道贺知章生活在一个什么样的年代。那是六朝以后的盛唐时期，在贺知章以前的很多诗人，他们的诗风沿袭了六朝的绮丽之风，但是贺知章，包括他的好朋友陈子昂，他们的文风直接承继了魏晋时候的质朴、天然和真挚。所以从这个角度来讲，贺知章的诗风有开创性意义，对于后代有很大的启发。此外，他还有书才。我们知道他的书法也写得非常好，他跟张旭还是好朋友，他的草书《孝经》，我们现在还是能够看到的，写得非常豪放洒脱。所以，贺知章有诗才，有文采，而且可以想象得到，贺知章一定是非常能侃的人，他三十六岁中“状元”，一定是学富五车，跟人聊天的时候一定也是很能讲的一个人，所以大家都很愿意跟他交往。

第二个原因，我觉得跟他的个性有关系。他的个性非常可爱，也非常可亲。刚才我讲了李白的故事，他跟李白之间的交往完全没有年龄的障碍，完全没有身份的障碍。跟李白交往的时候，他还去唐玄宗面前引荐这位后辈，所以大家都愿意跟他交往。

第三个原因，是在贺知章的身上，大家能够看到中国文人心中的理想的实现。因为，我觉得中国古代的文人，都有两重性，一方面都有儒家的入世的情怀，另一方面也有道家这种出世的思想。他们一方面希望能够像儒家这样济世为怀、建功立业、求得功名，另外一方面也希望能够活得淡泊自在、活出真我。在贺知章的身上，可以看到这两者的完美结合，所以，大家对他还是有一种向往和羡慕。

如果说，要看一条唐诗之路，我想，首先要看看谁走过这条路。贺知章可以说是从这条路上走出去且最后又回到了这条路上的诗人。当然，他的价值是其他唐代的诗人不能够比拟的。

其次，就像我刚才提到的，他在唐代的诗人当中，又有独特的开创性价值。他写的诗，不管是《咏柳》还是《回乡偶书》，都是非常亲切、质朴和自然的，给后世的诗人很多启发。

最后，我们可以跟着贺知章的诗去看绍兴，去看镜湖，可以跟着他的诗去问一问，可以跟着他的诗去想象一下，“老大回”是一个什么样的情景？当一个白发苍苍的老爷爷回到镜湖边的时候，又是一幅什么样的景象？后来，他以道士的身份居住在镜湖边，这也是很有意思的。我觉得从这个角度来讲，可以从贺知章延伸出很多的故事，有很大的想象空间，会给后人很多意味深长的启发。今天，宛委山的飞来石上，存有《龙瑞宫记》摩崖石刻，相传，这是贺知章唯一存世的楷书手迹。我们都知道，贺知章是三十六岁中“状元”，但其实十九岁那年，贺知章原本就是要赴洛阳赶考的，可是因为母亲赵氏肺痨加重，他就毅然留下来照顾母亲，这一留就是十八年。说到贺知章的孝，我们还知道，他用草书写过《孝经》，也是非常棒的书法作品。

为什么《回乡偶书》这首诗的传播面会那么广？我觉得，它写出了游子心中对于故乡的牵挂。一方面，少小离家，阔别家乡多年，当他回到家乡，看到斗转星移、物是人非的时候，就发出这样的感慨。另外一方面，他也写出了一个游子对故乡的依恋，无论走到哪里，无论走得多远，无论离家多少年，最终还是要回到故土，家乡是心中永远的根。

行走在浙东唐诗之路上的唐前期诗人

李 浩

（西北大学中国文化研究中心主任、

中国唐代文学学会副会长兼秘书长）

贺知章是唐代早期第一位完整走完浙东唐诗之路的诗人。他从浙东走出去，经过洛阳到达长安，一直在北方任职，生活了几十年以后，告老还乡。他在出发前，在任职途中，在长安都留下了作品，回到浙东以后仍然有作品，可以说，他一路走一路写。有诗歌作品，有散文作品，还有书法作品，贺知章是全能的艺术家。贺知章现存的作品有几十首诗、十多篇文章，还可以发现他和唐诗之路相关的一些线索和资料。

南北文化的交流由来已久，我们可以追溯到南北朝时期。南北朝处于分裂时期，南方的文人到北方，北方的文人到南方，这样的情况都有，如颜之推、王褒、庾信等人实际上就在走这样一条文化之路。到了隋末唐初，刚建立的新政权对南方的广大知识分子是否有吸引力？

贺知章是一个南方人，通过自己的努力，利用科举的方式来到朝廷任职，像他这样级别的浙东作家，包括整个江南的作家在唐前期还是比较少的。从这个意义上来说，我们至少可以说，贺知章提升了浙东唐诗之路的地位和品格。

近年来，随着越来越多墓志的出土，特别是陕西、河南，还包括浙江，发现有很多是贺知章写的墓志铭。这就证明了，贺知章除了诗歌才能以外，还有散文的才能。实际上，这最符合唐人的情况。因为唐代文官要写应用文，大多是文章好手，而贺知章名气大，所以自然有人请他来写这些作品。目前已有十方墓志铭，我想，未来还会有一些新的作品出现，能使我们对贺知章的写作有更全面的了解。贺知章文章写得很好，写作对象和他的关系并不是很熟悉，所以也可能是应酬。我们期待除了贺知章撰文以外，还能够看到他书写的墓志铭，或者说其他作品，这对我们全面了解贺知章有一定的好处。

贺知章又被称为“四明狂客”，我觉得这是一个绰号，唐人喜欢给他们同时代的人或者比他们更早的人取一个很形象的有概括性的绰号。比如，杜甫为诗圣，李白为诗仙，王维为诗佛，刘禹锡为诗豪，白居易为诗魔，李贺为诗鬼，那么，贺知章就被称为诗狂。我觉得贺知章的诗狂应该从三个方面来理解：一是他的行为狂放，率性而为。贺知章是一个很率性自然的人。比如，八十六岁的时候他提出了告老还乡，愿意回到越州做道士。他因为赏识李白的诗，在与李白喝酒时，愿以金龟换酒，就是用自己身上最名贵的宝贝来换酒。二是他的诗也有狂放自然的一面。他追求语言的自然、清新、明快，摆脱过于讲究的修饰用典。他在酒醉后，呈现一种率真的写作状态。与贺知章同时期的，还有一位湖北籍的诗人孟浩然，以及同样是南方诗人的张若虚。开元以来，孟浩然、张若虚、李白等走的这条路，是贺知章开风气之先，风气再向上可追溯到唐初的王绩，王绩受到了陶渊明的影响，所以，他们都受陶渊明影响。三是他的书法狂。贺知章写的是草书，现在仍然保留有他的草书作品《孝经》。文献里记载的，是贺知章在喝了酒以后写字。别人有多少纸，他写多少字，这是一种很率性的行为。

后人对贺知章表达了极大的怀念。在贺知章生前，李白和杜甫都曾赠诗于他。在他去世以后，中晚唐的一些诗人，如刘禹锡等，都怀念他。宋代以来，像苏轼、苏辙兄弟也写诗怀念他，还有南宋的陆游、明清的全祖望等，《旧唐书》在《文苑传》里专门为贺知章立了专传，《新唐书》在《文艺传》里也给他立传，在会稽的地方志里也有他的专传。

为什么大家会怀念他？一是他提拔后辈，他看到李白写的《蜀道难》后感到吃惊，说这诗简直是天上的谪仙人写的，他看到李白写的《乌栖曲》，又说这诗确实可以让鬼神都流泪。二是他善于书法，流传下来了一些草书作品，如《孝经》。三是他作为一个南方的知识分子，到北方来做官，官做得很大，又善于养生，以八十六岁的高龄回到故乡养老。这些都是大家仰慕他、怀念他的一些原因，贺知章也广受现代人喜爱。

我想，贺知章做过太子宾客，和太子李亨的关系应该非常好。他有才气，更重要的是比较率直，这些可能对太子的成长有重要的影响。所以，太子在亲政之后，对他的这位老师特别怀念，马上嘉奖。他在离开长安的时候，皇上和太子都有诗赠送，这说明他给新老皇帝的印象都非常好，这是他做人博大包容的一面。我觉得，我们今天除了向贺知章学习文学才华、书法才能以外，更要学习他在做人方面的率直正派。

“李白斗酒诗百篇，长安市上酒家眠，天子呼来不上船，自称臣是酒中仙。”这首诗出自杜甫。实际上，杜甫很善于写，他没有正面写他们的功德，他选了一个很有趣的题目——论酒以及饮酒后的醉态，并在这一题目下，描述了贺知章、张旭和李白等八人。贺知章年龄最大，所以，杜甫把贺知章放在最前面，这是一种漫画的、夸张的写法。他仰慕这些文坛大咖，写他们的生活琐事，把他们饮酒以及饮酒以后的醉态、憨态表现得淋漓尽致。所以，这首诗才如此脍炙人口，直到千年之后，各种杜诗选本仍愿意将其选入。

贺知章离开长安时，李白为其送行，有些材料说，送别地点是长安东郊的长乐坡附近。长乐坡附近，也就是唐代的浐河附近，旁边就是灞河，浐、灞是围绕着长安的两条河流，古人送行的时候喜欢在浐灞附近，有一个习俗叫折柳相别。现代人木心讲过一句话：“从前的日子很慢。”唐人的日子过得也很慢，故朋友远行，可以从住宅一直送到城外，从城外一直送到浐河边或者灞河边。临行前，他们还会喝一场酒，这表明他们之间的友谊非常深厚。贺知章和李白的共同之处有很多，比如，在宗教信仰方面，他们都喜欢道教，贺知章晚年到了越州要做道士，李白也受过道教影响。在诗歌创作方面，他们也有一致的地方，都喜欢自然直率、单纯简单的诗句。在个性方面，他们也惺惺相惜，贺知章能从李白的身上看到自己年轻时候的样子。也许在李白的心目中，他也想象过他的未来可能如贺知章一般。可惜的是，李白有一种过于激烈的感情，使得他没有像贺知章那样高寿，也没能像贺知章那样平淡地过完自己的一生，这是他们的同中之异。

公元726年，也就是开元十四年，张说罢相；开元十七年，他又恢复了相位；开元二十二年，李林甫和张九龄也相继为相；但是，开元二十四年，张九龄又被罢相，离开朝廷到了湖北的荆州，做了荆州长史。到了天宝五载，李适之被罢相。天宝十一年，杨国忠任宰相。唐玄宗前期任用的都是为人正直、有才华、有执政管理能力的宰相，像姚崇、宋璟、张说、张九龄、李适之这些人。开元年间，唐玄宗采取的政治举措都比较亲民，除了他年轻时励精图治的原因之外，辅佐他的宰相也大多是正直之士，促成了整个政坛的清明风气。到了开元后期，尤其是以张九龄罢相为时间节点，开元二十四年是一个大转折点。李林甫把持朝政十多年，有识之士都感到很压抑，比如，杜甫在天宝初年的科考被取消了。朝政越来越黑暗，出现了很多波诡云谲的事件。天宝十四年的冬天，安史之乱爆发，这是汇集了各种矛盾的一次总爆发，盛世也就结束了，强大的唐王朝逐渐走向衰亡的道路，安史之乱的爆发是唐王朝由盛转衰的一个标志性事件。安史之乱爆发的天宝十四年，是贺知章去世的第六年。这个事件对唐代的政治、文化以及这个时期的文人都有重大的影响。贺知章选择告老还乡，一方面是他确实年龄比较大，对故乡十分怀念，另外一方面也和政治愈趋复杂，风气愈趋黑暗有关系。

"一雕挟两兔"这个典故最早出现在唐代的《明皇杂录·卷下》，记载了唐代宰相张九龄、裴耀卿和李林甫三个人出行的场面，李林甫居中间趾高气扬，裴耀卿和张九龄都比较谦恭、文质彬彬，所以有人称其为"一雕挟两兔"。这一段材料又见于《新唐书》的《李林甫传》，所以还是有一些根据的。唐代的宰相制度实际上比较复杂，他们三个同时为相的时间很短，但是说他们曾同朝为官，我觉得是不为过的。因为，张九龄、裴耀卿他们两位都很儒雅、很谦逊，所以说话走路都比较低调。李林甫是皇族出身，又不学无术，经常念错别字，肚子里边没有多少学问，很自以为是，口蜜腹剑，所以一旦得势以后就洋洋得意，小人得志的状态暴露无遗。这个典故指的是宰相，我觉得，其实说的是两种类型的宰相，一种是小人得志，另外一种儒雅谦虚，“一雕”说的是桀骜狂傲的宰相，“两兔”就是谦逊的宰相。

长乐坡文武百官送别贺知章

王双怀

（陕西师范大学教授、博士生导师）

我们现在所在的地方是长乐坡，长乐坡在唐代是长安城东非常重要的一个驿站。唐朝 289 年间，这里曾经上演过一幕幕依依惜别的场景，其中影响最大的就是公元 744 年，贺知章在这里和朋友们告别。

在贺知章四十年的政治生涯中，最让他感到骄傲和让别人感到羡慕的就是两件事。

一件事是他同日被唐玄宗任命为礼部侍郎和集贤院学士。这在当时是绝无仅有的，因为礼部侍郎和集贤院学士都是清要之官。这两个官到底哪个更好一些呢？礼部侍郎确实是非常重要的官职，只有学识渊博的人才能胜任，但是集贤院学士必须得品学兼优、才学并茂。所以，还是集贤院学士更让人羡慕一些。

再一件事是在公元 744 年，贺知章告老还乡的时候，唐玄宗特地让文武百官送他到长乐坡。长乐坡这个地方，在古代称作青门，前面是浐河、灞河。人们送别往往送到长乐坡，再远一点就送到灞桥。所以唐人说："年年柳色，灞陵伤别。"白居易曾经作诗："何处难忘酒，青门送别多……烟树灞陵岸，风尘长乐坡。"长乐坡，是古人送别的一个非常重要的地点。

贺知章为什么能够在告老还乡的时候，受到皇帝如此恩惠？皇帝让皇太子和文武百官一直从长安城把他送到长乐坡，并写诗送别，场面很是壮观，在唐代将近三百年间无人能比。主要是因为贺知章正直博学，他在很年轻的时候就以文采著称，是"吴中四士"之一。他考上进士之后，在朝廷中朋友很多。他性情豪放，据说他自号为"四明狂客"，诙谐幽默。他善于作诗，虽然他留下的诗歌并不是很多，现在所能看到的只有二十三首，但他的诗清新别致，很有特点。有些诗歌是千古绝唱，比如，他写的《咏柳》。送别诗都带着一种伤感，无论是李白还是白居易，他们写到长乐坡送别和柳树都有一种伤感。而贺知章写的《咏柳》并非如此。"碧玉妆成一树高，万条垂下柳丝绦。不知细叶谁裁出，二月春风似剪刀。"这里面把柳写得多美，从它的色彩到它的形状，给人生机盎然之感。

贺知章的性格非常开朗，他说他狂，其实他狂也是有限度的。有这样一个故事，贺知章在开元年间晋升得很慢。开始时，他任职四门学士，宰相张九龄是广东人，但是他没有发现、没有重用贺知章。在张九龄罢相之后，贺知章去拜访他，两个人相遇，因为都是南方人，谈得很投机。贺知章说话非常幽默，说："谢谢你在位的时候对我的关照。"张九龄说："没有，我没对你有什么关照，这话从何谈起呢？"贺知章说："你在位的时候，没有一个人敢说我是獠。"因为过去有些人对南方人不尊敬，说他们是獠。可张九龄却觉得这是在讽刺他，因为他在位的时候，对贺知章关照不够，致使他长期担任低级职务。后来，贺知章的表弟陆象先对贺知章的关注度比较高，向朝廷推荐他。从此之后，贺知章就官运亨通了。陆象先说："我的亲戚们那么多，我见了之后都忘了，不知道谁是谁，但是，我一天不见贺知章都觉得不舒服，他这个人太幽默、太滑稽、太可爱了，所以和他在一块，我就感到很快乐。"

贺知章朋友圈的人非常多，尤其他和李白的关系很好，他们都是狂人。李白说："我本楚狂人，风歌笑孔丘。"贺知章说自己是四明狂客。他们都喜欢喝酒，都是饮中八仙之一。饮中八仙第一位写的就是贺知章。贺知章和李白都喜欢饮酒，所以，杜甫在《饮中八仙诗》中提到了他们。"知章骑马似乘船，眼花落井水底眠。"可见，贺知章这个人是很有特点的。而李白是"李白斗酒诗百篇，长安市上酒家眠。"这两个人是有共同之处的。据说，李白出川到了长安城举目无亲，听说贺知章德高望重就去拜访。贺知章说："你不是人。"李白就感到有点惊讶，问："我怎么不是人呢？"贺知章说："你是谪仙人，是天上贬下来的仙人。"李白就非常高兴了。所以，李白后来写诗也多次提到，贺知章把他称作谪仙人。李白比贺知章要小四十二岁，但他们两个人由于性格相同，有共同的爱好，共同的志趣，所以他们成了忘年之交。当贺知章东归的时候，李白一直把他送到了长乐坡。

李白非常敬佩贺知章的书法，他在当时与张旭齐名。贺知章的字龙飞凤舞，尤其他的草书《孝经》现在还保存在日本，我们可以看到，的确是写得非常棒。在离别的时候，李白作诗相赠，"镜湖流水漾清波"，镜湖就是贺知章老家的一个湖，唐玄宗批准把它作为一个放生池。"狂客归舟逸兴多"，狂客指的是贺知章，他回去这一路上肯定很有雅兴。"山阴道士如相见，应写黄庭换白鹅。"这句用的是王羲之当年"书成换白鹅"的典故，可见，他对贺知章的书法是特别推崇的。

贺知章是学识渊博的人，虽然他考中进士比较晚，但是，他考上之后朝野中的名望很高，可以说是德高望重。他在年轻的时候崇儒，对儒家“修身齐家治国平天下”，即“拿得起”的思想，非常推崇；到中年以后重佛，对佛教“放得下”的思想很认同；到了晚年，他又重道，道教思想中最核心的内容就是要看得开。所以在他的人生中，他不是一个很偏执的人，他能够包容地接受儒释道三教，显示了一种开放的胸襟，这正好和大唐帝国的开放包容、交流进取是一致的，这也正是唐玄宗喜欢他的原因。

我们现在站立的地方，经历了一千多年，我们看到的景致和过去已经完全不一样了。过去，这是一个驿站，是送别的场所。现在，这里是一个地铁站，当然也是人来人往。唐代的时候，长安城是一座国际化大都市，常住居民大概有一百多万人，加上流动人口有二三百万，看上去熙熙攘攘。现在的西安是我们国家的第九个中心城市，是第三个正在建设的国际化大都市。我们有理由相信，再过若干年，我们的国家会越来越富强，我们的西安也会越来越好。

贺知章晚年的唐代政坛——“一雕挟两兔”

柏俊才

（教育部新世纪优秀人才、陕西省百人计划特聘教授、

陕西师范大学文学院教授）

贺知章晚年给自己取了一个号，叫“四明狂客”。“四明”就是我们今天浙江省东部宁绍地区的一座山，他当时打算从长安去四明山隐居。“狂客”的意思是，他认为自己很“狂”。那么，贺知章的“狂”到底表现在哪些方面？实际上，我们现在已经没有办法确认，但是根据我的理解，贺知章的“狂”主要表现在四个方面：第一，性格比较豪爽，为人豪放任性；第二，嗜酒如命，放纵任性；第三，他擅长于书法作品，挥洒自如；第四，他精通诗歌，清新潇洒。

贺知章生活的时代，早年武后登基，继而韦后篡权，李隆基发动唐隆政变夺取政权，整个时代血雨腥风。早年，他在国子监当大学士，没有卷入太多的旋涡。但是，到他告老还乡的那一段时间，尤其是726年张说罢相以后，唐朝的政治又出现了数次更替。为什么人们会把726年这一年当成一个标志？主要的原因就是，张说罢

相，张九龄受到牵连被贬为刺史。

人们说，除了玄宗之外，有四大贤相促成了大唐的盛世，这四人是张说、张九龄、姚崇和宋璟。726 年之前，姚崇和宋璟已经去世了，是年张说罢相，张九龄被贬到外地。这四大贤相共同促成了唐代的繁荣盛世，他们四人退出历史舞台就标志着大唐盛世即将结束，这是第一个意义。第二个意义在于，当时的集贤院，也就是贺知章曾经任职的丽正书院，培养的大批人才后来成为翰林学士，翰林学士分化了宰相职权，是唐代宰相制度的一大转变。

“一雕挟两兔”，说的是开元年间的三位宰相李林甫、裴耀卿和张九龄的故事。大家想，一朝有三个宰相，肯定要区分权力的大小，我们一般把权力大的宰相叫首相，其他的称为次相。那么，李林甫想做首相，必须想尽办法排挤裴耀卿和张九龄。据说，当时发生了一件事情，户部侍郎萧炅将“伏腊”读为“伏猎”，中书侍郎严挺之听后很不高兴，把这个事情反映给张九龄，萧炅很快就被贬出了京城。萧炅是李林甫的亲信，李林甫对此事非常生气，所以，他寻了一个事端要治严挺之罪。张九龄替严挺之开脱求情，唐玄宗认为张九龄在拉帮结派，所以，他把张九龄和裴耀卿降为左右宰相，把李林甫升任为中书令，也就是首相。

在李林甫做宰相之前，裴耀卿和张九龄已经是宰相了，这两个宰相也算得上历史上的贤相，人们就把他们称为诤臣，“诤”的意思就是敢于向皇帝进言。刚才提到了，李林甫的所作所为就是要把裴耀卿和张九龄打压下去。他这次地位提升了之后很得意，上朝的时候就趾高气扬走在最中间，张九龄和裴耀卿已经失势，没有那么高的地位，所以上下朝都是弯着腰走在他的两边。大臣们私下议论这种情况就是“一雕挟两兔”。雕是凶猛的鸟，指李林甫，而“两兔”

指的是裴耀卿和张九龄。

这个故事，我们今天听起来似乎意义不大，但是在唐代非常重要，人们认为口蜜腹剑的李林甫做了首相之后，整个唐王朝开始走下坡路。这对唐代文人的影响很大，在他们心目中，宰相应该既能辅政又能写诗歌，其中诗歌写得好的当属张九龄和张说，而李林甫当上首相，就意味着整个唐王朝已经没有出路了，很快会走向深渊。实际上正是这样，李林甫做了宰相之后，唐玄宗的亲民政治便不存在了。

从史料记载来看，虽然当时有三个宰相，但李林甫升任首相做了中书令之后，裴耀卿和张九龄其实就是摆设罢了。遇到什么事情，都是李林甫说的最为管用，张九龄和裴耀卿说了不算数，而且李林甫也深得唐玄宗的信任。李林甫这个人，我们说不学无术也罢，说口蜜腹剑也罢，但是，他在唐代的发展过程中是一个非常重要的人物，玄宗很相信他这个宰相。在人们的认知中，宰相一般会和皇帝形成对立面，三四年任期就满了，皇帝看着宰相早就已经恨得想把他撵走。但是李林甫不一样，他做了宰相之后，和玄宗的关系处理得非常好，做了十多年的宰相，这在中国宰相史上也是很奇特的事件。他说什么，玄宗都听，这也导致了唐代后期的巨大动乱——安史之乱。

关于贺知章的那座桥

黄亚洲
（中国作家协会原副主席、浙江省作家协会名誉主席）

关于一千两百年前诗人贺知章修造的那座桥，以及我的黄氏先祖在他去世八百年后又修补了那座桥，在当前大家热议“知章文化”之时，倒也值得一提。

桥是此岸与彼岸的连接，挺温暖的事。贺、黄两家族人的感情，因了这些层层叠叠、结结实实的青条石，连接在了一起，此事提起来心里也热乎。

流经贺家园的小河，原先没有桥，没有桥当然就不方便。一千两百年前，贺知章是想起了先母的嘱咐，才下决心建桥连接两岸的。他是个清官，尽管豪饮、洒脱、豪放，但本人银子不多，离京之时甚至把自己的大宅子整个都捐作了道观，是清清爽爽离开的长安，但回到越州故乡后，还是咬牙修了桥。这是母亲早年的嘱咐，也是当地乡亲的福祉所在，故此，他觉得自己义不容辞。

他那时候已经八十六岁，荣归故里，虽然在村口遇见孩童们“笑问客从何处来”，一时有点措手不及，热泪涟涟。

京城的官职他一直做到礼部侍郎、工部侍郎、秘书监，官位不可谓不高。他下决心辞别长安，告老还乡的时候，唐玄宗对这位京城的大诗人、大书法家、知名酒仙，真个是依依不舍，很有点难舍难分的样子。如此看来，他也算是个踌躇一生平安降落的成功人士了。

其实，贺知章下决心走仕途也是压力山大的。少年时期，他就背上了被要求进步的沉重包袱。我们知道，越州永兴贺氏，本是江东大族，儒学世家，只是到了贺知章父亲那一代，才家道中落，光环不再。所以，贺氏族人很希望少时诗文便已出类拔萃的贺知章能赴京赶考，入仕为官。贺知章当然也没辜负族人的期望，过了而立之年便中了进士，进而又在殿试中被武则天钦点为第一名。他也是浙江历史上头一位有资料记载的状元。

村里人为他放了鞭炮。他去祠堂跪别祖宗，家母再三叮嘱他，做了大官之后，一定要记得回老家帮助乡亲做点实事。

他在京城陪太子读书，做官、作诗、写字、喝酒，与李白、孟浩然一班诗友唱唱和和，一生潇洒也一身清廉，算是有头有脸地完成了人生该做的一切，“乡音未改鬓毛衰”地回到了自己的故乡越州永兴贺家园，也就是现在的浙江省杭州市萧山区蜀山街道知章村。这个村子在四百多年前已经被叫作埭上黄村，为黄氏族人聚居。

贺知章在人生最后的日子里，履行了与母亲的约定，在故乡的河上建起了一座石桥，接着又建起了另一座石桥，称作仪方桥。后来乡人为了彰显贺知章的功绩，将这两座桥分别改名，一个叫箩婆桥，一个叫思家桥，用以表达对贺知章的纪念。

我好几次到我的祖籍地去看思家桥，一方面是缅怀我数百年来居住在那里的黄氏先祖，另一方面也是为表达对贺知章的感念。因为黄氏先祖在令思家桥重焕生机方面，做出了自己的贡献。

思家桥，一座东西向的单孔梁式的石板桥，中铺三块条形石板，两边为八字形的石台阶，各有十余级。南边的石梁板上刻“思家桥”三字，北边的石梁板上刻“仪方桥”三字。这座桥于明嘉靖年间重建了一回，因为不重建已经不行了。由于八百年的风雨，原先由贺知章建造的石桥已经摇摇欲坠，成了危桥。所以，聚居在埭上黄村的黄氏族人，便一致商定集体出资，要为这座石桥增强筋骨，他们认定，被代代传颂的诗人贺知章的思家之情，不能淹没于历史。具体组织重建思家桥的，是我们黄氏先祖黄九皋。此人也算是嘉靖年间的知名诗人，常带一帮诗人到处采风，有诗文集《竹山集》传世，当时的官职是工部主事。

至今，在桥墩部位的三条石刻条幅中，尚能辨认出“九皋重建”字样。我专门瞪大眼睛去看过，字迹是模糊的，历史是清晰的。

我爷爷在贺知章故里长大，十二岁那年由于家境困难，毅然北渡钱塘江去杭州城里打工谋生。他先是到处打杂工，后来去了一位绸机老板家当学徒。由于工作勤勉而被老板相中，直接招为女婿。他先后生育了五个儿子与一对双胞胎女儿。他的第五个儿子就是我的父亲。所以，我在改革开放的年代里，也专门陪同父亲到萧山的“十里棣上黄”探访祖籍地，拜访他父亲的老屋村。之后，我自己又来老村多次，还在山坡上重建了我曾祖父的墓碑，并且为当地黄家重修的族谱作了序。

前些年，贺知章学校成立的时候，我也应邀为这所学校题写了校名。尽管我用毛笔写字很不像样，但也勉力而为，总算被学校采纳，复制在校牌上与信封上。

因为我对这片土地有感情，就如诗人艾青说的那样：“为什么我的眼里常含泪水，因为我对这土地爱得深沉。”

我觉得，这是一片能够产生诗情的土地。

我现在也成了一名诗人，也学着四百多年前我的先祖黄九皋那样，经常带一帮诗人到处采风写作，也出版过若干册诗集。我相信，当年黄九皋出面重建思家桥的时候，他心中也萦怀着对八百年前的诗人贺知章的深切感念。

桥的传承，就是诗的传承。

诗的传承，就是中国优秀传统文化的传承。

从这个意义上说，“思家桥”也可谓之“诗家桥”。

我们永远不要忘了思家，也永远不要忘了诗家。我想，我们现在热议“知章文化”，要紧的就是这两条。

草书《孝经》是衔接魏晋风骨和盛唐气象的桥梁

张学忠

（陕西师范大学文学院教授、中国古代文学博士生导师、
《文学与书法》硕士生导师）

贺知章在生活中待人接物各个方面都有“狂”的表现。在《新唐书》和《旧唐书》里面都有他的本传，本传里对贺知章的个人性格的概括也是很准确的：“性放旷，善谈笑，为人洒脱风流，狂放不羁。”

贺知章在书法方面的狂，表现在书法创作的时候，他非常豪放，不受任何约束。比如，当时人们非常喜欢他的书法，往往事先准备好笔墨纸砚，邀请贺知章来喝酒。喝醉之后的他非常高兴，这时候，大家把笔墨纸砚都给他端出来。他在这种极度兴奋的状态下，奋笔疾书，笔走龙蛇。有时候，一大张纸就写上几个字，顶多十几个字，写完就被众人抢走了。当时，另一位书法大家张旭，和他是远亲的关系，两人性格嗜好互相投合，所以，常常结伴到市上酒楼店铺，去观察谁家的墙壁白而大，他俩就用大笔在墙壁上尽情挥洒，有时候把人家的屏风也都写满了，人家反而还很高兴。可以看出，贺知

章在书法创作方面，和张旭一样，都处于一种狂放的状态。

我们再讲一讲，关于贺知章书法的成就和影响。他对唐朝书法，特别是对草书的发展，具有重要的贡献。贺知章的书法作品由于时间太过久远，加上他性格疏放也不太关心这个事情，经常写完就不管了，所以流传下来的非常少，其中，最著名的就是草书《孝经》。《孝经》是一篇长篇巨著，有一千八百多个字，在草书的规模上来讲还是很大的，像这样长的草书也比较少见。

贺知章的书法成就主要表现在草书方面，因此，需要从草书发展史的角度考察。书法是我国特有的具有独一无二民族特征的艺术形式，主要有五种书体——篆隶楷行草。草书按照不同时期的发展分为三种：章草、今草（小草）、狂草（大草）。章草传为西汉元帝时期史游所创，但正史并无明载，其章草作品《急就章》亦未能传世。章草由隶书逐渐演变而来，打破了隶书原有的笔画结构形式，变成纯粹的草书结构，但仍然保留了隶书的尾巴，就是隶书的捺划，在书写时需要重按，然后用力甩出去显得又粗又重，这是隶书的特点，同时也是章草区别于今草、狂草的明显特征。今草传为东汉张芝省减章草的点画、波桀而创的新书体，具有首创之功，对草书艺术的发展有极大推动作用。但由于时代久远，张芝流传下来的今草作品很少，因此对后世草书发展影响并不大。对今草贡献最大的是王羲之，不仅传世的草书作品数量多，而且创制了今草的标准模式，他的草书代表作《十七帖》成为后世学习草书的范本。唐太宗李世民非常崇拜王羲之的书法，不仅亲自撰写《王羲之传论》，用“尽善尽美”夸赞他的书法，还重金购求王羲之的书法作品。在初唐书坛掀起一场学习王羲之书法的热潮。这股热潮经历了唐高宗、武则天时期，一直延续到唐玄宗的盛唐。由于盛唐时期国力强盛，经济繁荣，传统文化的诗歌书法也都臻至各自的艺术高峰。在书法领域，形式上显得相对规范拘谨的今草，就无法适应这个高涨的时代了。于是，今草随着时代潮流，迅速演变成狂草，出现了两位狂草大家张旭、怀素，当时人称他们“颠张狂素”。张旭、怀素的狂草与王羲之的今草区别非常大，王羲之今草每个字的写法都比较规范一致，各自互相独立，字与字之间一般不连接在一起；而“颠张狂素”的狂草、大草，每个字的草体字写法往往更加简略，字体的大小，笔画的粗细，往往反差非常大，字与字之间也常纠结勾连在一起。张旭的狂草代表作品《古诗四首》《断千文》，论者评其狂草云：“方其酒酣兴来……内观龙蛇大小，络结胸中，暴暴乎乘云雾而迅起，盲风异雨，惊雷激电；变怪杂出，气蒸烟合，倏忽万里，则放乎前者皆书也！”怀素的代表作是《自叙帖》，时人评其书云：“奔蛇走虺势入座，骤雨旋风声满堂。”“寒猿饮水撼枯藤，壮士拔山伸劲铁。”对“颠张狂素”草书的评语，是过去书评绝对没有出现过的。

从以上论述可以看出，狂草和今草之间的区别非常大，这之间必须有一个过渡，而起过渡作用的代表人物就是贺知章，以及和他同时的书法家孙过庭。狂草最突出的特点就是字与字之间笔画常常连接在一起，有些甚至一行字的笔画都连在一起，成了真正的“一笔书”。我们把从今草到狂草这一发展阶段的草书代表作做个字字相连的比较，看看从今草到狂草有怎样的变化。王羲之《十七帖》共1100字，绝大多数字是各自独立，或只有上下呼应关系，字字相连较多的是二字相连，3字相连者7处，4字相连者1处；孙过庭《书谱》共3500字，较多的是2字相连，3字相连者17处，4字相连者3处；贺知章《孝经》共1800字，2字相连者几乎每行皆有，有的一行中2字相连者有2处、3处；3字相连者9处，4字相连者9处，

5 字相连者 2 处，6 字相连者 3 处，8 字相连者 1 处。《孝经》字字相连现象大大超过《十七帖》和《书谱》。由此可以看出，在今草与狂草演变过程中，孙过庭更多的是继承了王羲之的今草风格特征，贺知章的《孝经》虽然也是出自王羲之，但在技巧和风格上都已经更接近于张旭、怀素的狂草了。《孝经》在今草、狂草过渡时期，起到了承前启后的重要作用。因此，可以说贺知章的《孝经》就是衔接魏晋风骨和盛唐气象的桥梁。如果没有贺知章的《孝经》的启发和示范，张旭、怀素恐怕还不一定能把狂草提高到那么高的高度。所以，贺知章才是今草向狂草演变过程中作用最大的贡献者。

第四章 精磨台本

贺知章系列作品，包括人文纪录片《贺知章》（25分钟），文艺专题片《狂客》（45分钟），音乐电视《诉乡情》三部曲。作者认真研读了有关古籍经典，采访了二十余位专家学者，听取了乡贤的意见，认真写作，反复修改，一丝不敢怠慢，可以说是精益求精。

人文纪录片《贺知章》文学台本

刘臻　方圆

主持人：公元744年，也就是大唐天宝三载的春天，萧山的文笔峰下来了一位老人，他在一处荒废的民居前徘徊，像是在寻找什么东西。

演唱：少小离家老大回，乡音无改鬓毛衰。儿童相见不相识，笑问客从何处来。

主持人：这首《回乡偶书》是唐朝著名诗人贺知章在离别家乡半个世纪后重回故土萧山蜀山时写下的。

蒙曼：他在长安的时候一直以为自己是长安客，他以为回来了，他就是主人了，没想到小孩会问他，这位客人您打哪儿来？

刘宁：初唐的时候有一位诗人叫宋之问，那么他写了一首诗："近乡情更怯，不敢问来人。"但是，贺知章就告诉你，就是他就不认得我了。

（一）

主持人：公元659年，贺知章出生在浙江萧山湘湖南岸的文笔峰下。如今，这片见证着他出生、成长乃至老去的土地，已经更名为蜀山“知章村”。

黄亚洲：山阴的贺氏本来就是江东大族、是儒学的世家，只是到了贺知章的父亲这一辈家道中落。所以，他们族人很希望贺知章能够赴京赶考，能够入仕为官。

主持人：公元690年，李唐王朝发生了一起巨变，武则天以女子之身登基，成了王朝的新主人。

主持人：四年后，贺知章收到了表弟陆象先的来信。已过而立之年的贺知章听从表弟的建议，决定即日动身赴洛阳赶考。

主持人：贺知章肩负着江左风流之气，满载乡亲族人的殷切期盼，从江南水乡远赴洛阳赶考。

贺知章：故乡杳无际，江皋闻曙钟。始见沙上鸟，犹埋云外峰。

胡可先：浙东唐诗之路，它是以文化山水为核心的，出现了好多山水诗。浙东唐诗之路上的本土诗人，就是从浙东出去的诗人里面，他是最著名的。

康震：浙东唐诗之路不仅造就了很多的诗人，他们的佳篇佳作，同时，他们也造就了我们本土的诗人。

（二）

主持人：历经六朝熏染，吴越之地可谓是人文渊薮，求贤若渴的武则天与挟江左风流而来的贺知章，在殿试时相遇了。

主持人：这就是人们常说的朱笔头上一点红。民间流传，贺知章凭借过人的才学和机智灵活的应对，被武则天钦点为第一名。

（三）

主持人：贺知章得第之后被分配到国子监任四门博士。

主持人：国子监与太学修习儒学，是教授修己治人之道德的最高学府，学习内容有《孝经》《论语》《尚书》《公羊》《易》《诗》等。

主持人：在洛阳城挖掘出武周时期的国子监，就是贺知章任职的地方。

蒙曼：所以，他没有真的卷入到那么复杂激烈的政治斗争之中，恰恰是在武则天、韦皇后和太平公主她们折腾得比较凶的那个年代，他一直在大学当老师。

主持人：这时，距唐王朝建立已过了八十多年，整个文坛正力图摆脱六朝绮丽的文风，重新找寻所谓的“风骨”。

蒙曼：贺知章实际上，他举起了一股清新自然之风，就是它是讲情感的，讲人情的。贺知章实际上当时算是开风气之先、践行这样的一种主张的人，所以，才有这样的一个盛唐诗风扑面而来。

（四）

主持人：贺知章在长安的这段时间里，和他走得最近的是被后人称为“草圣”的张旭。两人既是远亲又同样好酒善书，随性草书，可谓知音。长安城内卖酒的店家，一个个私下刷白了墙，备好了上等的布帛纸张，等着这对酒友上门赐字，贺知章也不拒绝，给多少纸张，就写多少张。

蒙曼：他不介意，所以我想这种不介意、这种自由感，其实是他内心真正的“狂”。

（五）

主持人：贺知章隶、楷、草三体皆通，尤擅草书。他一生书写了无数的书法精品，可唯独一卷《孝经》留存了下来。现收藏在日本宫内厅三之丸尚藏馆。

赵雁君：这卷草书真迹，如今被认为是衔接魏晋风度与盛唐气象的桥梁。

王冬龄：他有深厚的修养和宽广的浪漫的情怀，所以，他的书法所体现出来的就是一种高古秀雅的风韵。这个是一般的（人）达不到的。

主持人：贺知章在《孝经》中书写的“夫孝，始于事亲，中于事君，终于立身”。它不只流淌在他的笔端，而且融化在他整个的一生中。

（六）

主持人：这份追忆从唐代一路流传，直到今天，透过喧嚣的集市，我们仍能窥见千年前那段诗与酒的传奇。三位中国历史上最负盛名的诗人在长安城栖身，留下了一段诗狂、诗仙与诗圣的传世佳话。

主持人：如今，在济宁太白楼李白纪念馆，我们还能看到贺知章、李白、杜甫的三公画像。

主持人：在济南市博物馆，我们看到了明朝张翀画的《饮中八仙图》。

劳春燕：知章骑马似乘船，眼花落井水底眠。大家就可以想象到，这是一个什么样的场景呢？就是一位老爷爷喝醉了酒骑在马上前俯后仰，摇摇晃晃，一不小心还晃到了井底下，索性就睡着了。

（七）

主持人：公元 713 年，经过武则天去世后的一连串政治征伐，韦后篡权、太平公主政变，唐玄宗李隆基从腥风血雨中脱颖而出，成了李唐王朝新的主人。

主持人：在唐玄宗的治理下，李唐王朝很快摆脱了武后末期的混乱局面，迎来了“稻米流脂粟米白，公私仓廪俱丰实”的开元盛世。可就是在这么一片国泰民安的盛景之下，有一件大事死死地压在唐玄宗的心中，那就是封禅大典。

赵冬梅：封禅，应当说是汉代以后最重要的、国家最高级的祭奠。

刘后滨：唐玄宗开元十三年（725 年）的泰山封禅，是中国历史上最自信的一次泰山封禅。

主持人：那段时间，贺知章为了封禅大典常常在书房创作诗词，最后，禅社八首乐章中他完成了七首。

贺知章：万物资以生，常顺称厚载。

主持人：这七首乐诗被载入史册，流传至今。如今，位于泰山之巅的《纪泰山铭》摩崖石刻，还记载着这一盛世大典。

（八）

主持人：封禅礼成之后，唐玄宗将丽正院更名为集贤院，并广泛拔擢有功之臣。

刘后滨：因为贺知章的这种文化积累，懂得礼仪典籍，又从事教育的这种经历，让唐玄宗非常看重他，让他来承担教育太子的这种责任。

蒙曼：他始终把自己和盛唐文化绑在一起，这个就是他能够在千载之后留下名字的最重要的原因。因为，他跟那个时代的文化在一起。

（九）

北方籍官员：近年来，江南文人入京后声名鹊起，正如橘生淮南为橘，南金复生中土。

主持人：这位北方籍的官员在大庭广众之下，丝毫没有顾忌来自南方的贺知章的感受。

康震：当时的文化中心主要是在北方，有一些南方人可能没有受到大家应有的重视，甚至有的人可能对他们还看不起。

主持人：然而，贺知章在行酒令时不按规则作了一首诗，回敬那位北方籍的官员。

贺知章：钑镂银盘盛蛤蜊，镜湖莼菜乱如丝。乡曲近来佳此味，遮渠不道是吴儿。

蒙曼：这是吴儿吃的东西，你们怎么也吃上了呢？其实这是一个小诙谐，（贺知章）知道这个地域黑，其实有的时候也不过就是一句玩笑而已。所以，这个诗也是以开开玩笑的心态来答复，他是一个当之无愧的文坛领袖。

（十）

主持人：公元742年，八十四岁高龄的贺知章照例到长安的紫极宫论道访友。在那里，他遇到了人生中的最后一位挚友，时年四十二岁的李白。当时的李白正怀揣着“白衣一跃为卿相”的梦想云游四方，寻找入朝为官的“终南捷径”，却屡屡碰壁。紫极宫之行本是一场意外，却让他们遇到了毕生的知己。

演绎：“蜀道难，危乎高哉！蜀道之难，难于上青天！”“好诗，好诗，尔谪仙人矣。”

钱志熙：那么，“谪仙人”这个雅号后来就成为李白的一个我们最熟悉的李谪仙。

主持人：贺知章当即提出要请李白一醉方休，李白也是好酒之人，两人一拍即合，离开道观。

主持人：酒酣耳热之时，贺知章才发现自己没带余钱，当即将佩戴的代表官员身份的金龟交与酒保，作为酒资。

赵冬梅：金龟是地位的标志，但是，为了喝酒（他）也豁出去了，这两个人确实都是应当说千古一人。

刘宁：我经常读到这个情节的时候就想到，李白说：“五花马，千金裘，呼儿将出换美酒。”

主持人：贺知章金龟换酒和李白畅饮，被后人引作旷达酣饮、倾心结交的典故。

（十一）

主持人：为了能够痛快饮酒，贺知章的囊中还是常备酒钱的。说起贺知章的酒钱，不得不提在陕西西安碑林博物馆陈列的这批墓志铭，从目前出土的十方来看，数量远不止于此。

主持人：在贺知章的《偶游主人园》中，“主人不相识，偶坐为林泉。莫谩愁沽酒，囊中自有钱”。

康震：他囊中有钱，一方面可能指的（是）俸禄，另一方面他写诗写得好，写文章写得好，书法也不错，想必也有颇为不菲的润笔费。

主持人：贺知章对于李白来说，是难得的诗友、酒友、道友。他们两人在文学、爱好与信仰上的高度契合，促成了这对忘年交的诞生。

主持人：之后，贺知章很快举荐了李白，唐玄宗任命李白为供奉翰林，李白入朝为官的梦想终于起步了。

（十二）

主持人：在李白初入官场、斗志昂扬的同时，贺知章却起了退隐之心。

薛天纬：玄宗皇帝那个时候已经沉溺于和杨贵妃的这种，天天的这个寻欢作乐，已经有点偏执堕落了。

主持人：这就是当时朝堂的真实写照。贺知章残存的遗句中也有“落花真好些，一醉一回颠”。

刘后滨：唐玄宗的懈怠朝政，李林甫的专权独断，地方上节度使军权太重，这都是危险。这个帝国的内部已经隐藏着很多的忧患，只是大家还没有意识到而已。

主持人：这个时候，贺知章一方面忧国忧民，另一方面已感到自己老矣，落叶归根的想法常常压得他喘不过气来。

主持人：如果说李白的“美人如花隔云端”的地方是长安，那么让贺知章长相思的地方就是故乡。

演唱：给我一朵腊梅香，那母亲一样的腊梅香，那母亲的芬芳是乡土的芬芳。

王双怀：我们现在所在的地方是长乐坡。长乐坡在唐代是一个非常重要的驿站。白居易曾经做过诗，他说："何处难忘酒，青门送别多……烟树灞陵岸，风尘长乐坡。"

主持人：公元744年正月初五，八十六岁高龄的贺知章告老还乡，唐玄宗感慨："岂不惜贤达。"他不仅写诗相赠，还命太子李亨率百官饯行。太子李亨，还有李白等数百位官员相送，规模空前。

（十三）

主持人：贺知章荣归故里，隐逸归道，堪比王羲之的曲水流觞，兰亭雅集，是中国历史上士大夫的最高政治理想。然而，这看似是贺知章对当时崇道风尚的追随，实际上是他心中对"道"的坚守。若心中的"道"无法得到守护，隐遁而终才是最好的选择。

赵雁君：那像今天的绍兴宛委山南坡的飞来石上存有《龙瑞宫记》摩崖，相传这就是贺知章唯一存世的楷书的手迹。

蒙曼：他这个人回来了，这个文化中心就存在了，吸引力就在那儿了。其实，就是一个一个的火把，就在那里，照亮这条道路，让后来的人一看前辈曾经到那儿去过，那么，我也去看看到底是什么样子。所以，一个一个的火把变成什么？变成一个链条，对不对？这个链条就是我们现在所说的浙东唐诗之路。

（十四）

主持人：当年，送别自己的族人早已不再，迎接自己的变成了一群陌生的官员；茫然四顾，竟只有岸边的垂柳，依稀还有当年的模样。口吟《咏柳》一诗，成就了千古绝唱。

字幕：碧玉妆成一树高，万条垂下绿丝绦。不知细叶谁裁出，二月春风似剪刀。

黄亚洲：贺知章终于回到了生他养他的故乡，在他的人生最后的日子里，他履行了与母亲的约定。

贺知章：娘，没事吧。

贺母：我儿日后出息了，一定要在横担河上修一座石桥。

贺知章：娘放心，儿子以后一定为家乡修一座石桥。

主持人：此后，他又在故乡贺家园建起一座“仪方桥”。后来，乡人感念贺知章的功德，又将这两座桥分别改名为“箩婆桥”和“思家桥”，以示对贺知章的纪念。

（十五）

主持人：贺知章对故土的热爱，在他归乡后写的《采莲曲》中也有流露：“莫言春度芳菲尽，别有中流采芰荷。”

胡可先：白居易的这一首诗“人间四月芳菲尽，山寺桃花始盛开”，无论在写景跟意境方面，明显看得出来是受贺知章《采莲曲》的影响。

主持人：诗人独立镜湖，就是浙东唐诗之路上的鉴湖，感怀岁月流逝，物是人非。

劳春燕：写下了“惟有门前镜湖水，春风不改旧时波”。

康震：岁月虽然过去，自己已经年迈，但家乡依然美丽，也表达了自己对故乡的这份深情。

主持人：贺知章一生写下的诗歌无数，但由于他的放纵疏狂，随作随弃，大多作品已经散轶。所幸的是地不爱宝，当年所埋铭石得以一一出土。透过这些墓志铭，我们有机会窥见贺知章文学创作的原貌。

刘宁：他传世之作（尽管只）有二十三首，这么少的传世作品，但是，却在整个的诗歌史上有一席之地，而且用古人的诗学标准来看的话，他是当之无愧的诗坛名家。

（十六）

主持人：几个月后，贺知章在他平日修行的千秋观中平静地离世，享年八十六岁。

演唱：花间一壶酒，独酌无相亲。举杯邀明月，对影成三人。月既不解饮，影徒随我身。暂伴月将影……

主持人：李白亲赴贺知章的隐居地寻找故人，得知贺老已经驾鹤西去，李白以瓯杯为祭器怀念故人："欲向江东去，定将谁举杯。稽山无贺老，却棹酒船回。"

康震：后代诗人对贺知章充满了一种敬意，一方面向往四明狂客非常疏狂的这种风范，另一方面对他的才华也是非常的仰慕。

（尾声）

主持人：回望长安，梦想盛唐，当往昔以前所未有的速度离我们而去的时候，我们仍然可以从传统文化中汲取前行的力量。今天，我们品味贺知章的人生，诵读贺知章的诗，更重要的是体会他的品行，他的诗心，用诗人的生命品格滋养今人的生命质地，用曾经的盛世文化创造今天的文化盛世。

学生：少小离家老大回，乡音无改鬓毛衰，儿童相见不相识，笑问客从何处来。思家古桥，隽永文章，文笔峰下，我们幸福吟唱。

文艺专题片《狂客》文学台本

刘臻　方圆

（序）

主持人画外音：公元744年，也就是大唐天宝三载的春天，萧山蜀山的文笔峰下来了一位老人，他就是贺知章。他在一处荒废的民居前徘徊，附近玩耍的孩子们第一次见到这位老人，又是好奇又是兴奋，纷纷围上前去，摇晃着脑袋上两个尖尖的总角，你一言我一语地搭起话来。

“听我爷爷说，他们已经搬走了。”

“对呀。”

贺知章说：“这间屋子的主人，就是我呀。”

演唱：少小离家老大回，乡音无改鬓毛衰。儿童相见不相识，笑问客从何处来。(《诉乡情》，郑培钦演唱）

主持人：郑培钦演唱的这首《回乡偶书》，是唐朝著名诗人贺知章在离别家乡半个世纪后重回故土时写下的。

蒙曼：他在长安的时候一直以为自己是长安客。他以为回来了，他就是主人了，没想到小孩会问他，这位客人您打哪里来?

刘宁：初唐的时候有一位诗人叫宋之问，那么，他写了一首诗："近乡情更怯，不敢问来人。"但是，贺知章就告诉你，就是他就不认得我了。

劳春燕：我想，这首诗通过无数人的世代传承，跨越千年，一直传唱到现在，也可见它在唐诗中的地位。

（一）

主持人：公元659年，贺知章出生在浙江萧山蜀山的文笔峰下。如今，这片见证他出生、成长乃至老去的土地，已经更名为"知章村"。

演绎："君子周而不比，小人比而不周。""子曰：学而不思则罔，思而不学则殆。"

主持人画外音：在家乡的传说中，贺知章七岁那年父亲病逝，十九岁那年母亲已生肺痨。母子俩艰难度日，实在熬不过去的时候，贺知章会一头挑着母亲，一头挑着四书五经去庙里蹭斋饭吃。

贺知章：娘，没事吧。

贺母：我儿日后出息了，一定要在横担河上修一座石桥。

贺知章：娘放心，儿子以后一定为家乡修一座石桥。

主持人：这就是人们戏称的“贺担僧”。

黄亚洲：山阴的贺氏本来就是江东大族，是儒学的世家，只是到了贺知章的父亲这一辈家道中落。所以，他们族人很希望贺知章能够赴京赶考，能够入仕为官。

主持人：为了报答好心的僧人，贺知章不仅为寺庙抄写经书，还把最重要的一段经文直接写到了寺庙墙体上。

主持人：贺知章隶、楷、草三体皆通，尤擅草书。他一生书写了无数的书法精品，可唯独一卷《孝经》留存了下来。现收藏在日本宫内厅三之丸尚藏馆。

王冬龄：（草书《孝经》）代表了唐代草书的最高水平，他有深厚的修养和宽广、洒脱、浪漫的情怀。所以，他的书法所体现出来的就是一种高古秀雅的风韵，这个是一般的（人）达不到的。

吴新如：贺知章在《孝经》中书写的“夫孝，始于事亲，中于事君，终于立身”，它不只流淌在他的笔端，而且融化在他整个的一生中。

主持人：十九岁那年，贺知章原本要赴洛阳赶考，只因母亲赵氏肺痨加重，他毅然留下来照顾母亲。这一留就是十八年。

（二）

主持人画外音：公元690年，李唐王朝发生了一起巨变，武则天以女子之身登基，成了王朝的新主人。四年后，贺知章收到了表弟陆象先的来信。

信差：你的信。

贺知章：多谢，差官大人。

主持人：已过而立之年的贺知章听从表弟的建议，决定即日动身赴洛阳赶考。

演绎：贺知章离开家的时候，有几十位乡亲簇拥送别。贺知章向大家承诺，待功成名就时一定回来。他登上小舟离开钱塘江……

主持人：贺知章肩负着江左风流之气，满载乡亲族人的殷切期盼，从江南水乡远赴洛阳赶考。

胡可先：浙东唐诗之路上的本土诗人，就是从浙东出去的诗人里面，他是最著名的。

康震：浙东唐诗之路不仅造就了很多的诗人，他们的佳篇佳作，同时，他们也造就了我们本土的诗人。

主持人：此时的贺知章并没有想到，诗中那片淡淡的乡愁，将在之后的五十年中不断地回响积聚，沉甸甸地压在他的心头，与横塘上的点点烟波一起，成为他一生魂牵梦萦的回忆。

演绎：贺知章站在船头上迎着微风，和着舟子行船的水波声，口吟："故乡杳无际，江皋闻曙钟。始见沙上鸟，犹埋云外峰。"

（三）

主持人：经过数月的水陆跋涉，风尘仆仆的贺知章终于来到了洛阳。在洛阳城的入城处，他的表弟陆象先已恭候多时了。

叶炜：陆元方、陆象先父子，他们这时候已经是朝中的高官了。

演绎：陆、贺两人见面，久久拥抱，然后，两人抬起头来互相打量。

主持人画外音：贺知章尚清谈，陆象先雅爱其词，竟到了“吾一日不见，则鄙吝生矣”的境地。他们的这次谈话对贺知章来说极其重要，陆象先向贺知章介绍了女皇帝的风度、治国理政的风格以及雷厉风行的作风。

（四）

演绎：贺知章、陆象先、张说、苏颋喝酒、聊天、作诗……

主持人：在这期间，贺知章通过陆象先结识了日后被尊为“燕许大手笔”的张说和苏颋。他们都是文采卓著、品行高洁之辈，年龄、志趣又相近，很快就玩到一起了，从诗酒唱和的朋友逐渐变成了交心的知己。

赵冬梅：张说、苏颋这些人其实后来都做到宰相了。

（五）

刘后滨：武则天要改变在唐朝前期，不管是山东士族还是关陇贵族对政权的垄断，具有文化优势和文化积累传统的南方地区的文士，开始走向政治舞台的中心。

蒙曼：她用一张考卷来看你的文笔才华，而这个恰恰是江南文士的优势所在。像贺知章这样的人得以展示才华，并且因此进入文坛，进入政坛，这本身就是武则天对这一批江南文士的一个最大的一个加持。

刘后滨：首先他是参加了一次武则天（主持）面见举人的殿试。

主持人：历经六朝熏染，吴越之地可谓是人文渊薮，求贤若渴的武则天与挟江左风流而来的贺知章在殿试时相遇了。

武则天：你都读过哪些书？

贺知章：草民除了读孔孟之书外，还系统读了本朝《玄览》《古今内范》《孝子传》《列女传》《维城典训》《百僚新诫》等著作。

主持人：贺知章非常聪明，没有按照套路回答问题。他所说的都是由武则天亲自编修订著的，也都是她的得意之作。

武则天又问：你对朝廷或者说对朕有什么建议吗？

贺知章：草民不敢。草民以为皇帝陛下提出的十二条政治主张，如劝农桑，薄赋徭；息兵戈，以道德化天下；省功费力役；广开言路；父在母丧，为母服齐衰三年，都是安邦治国的良策，重在实践。

主持人：武则天主政初期提出的政治主张是：重江山、惠民生、讲诚信、倡孝道，这也是贺知章的初衷与追求，他们两个在这个问题上合拍了。

武则天：请你说说书法的最高的境界是什么。

贺知章：技术与精神。

武则天：好。

主持人画外音：这就是人们常说的朱笔头上一点红。民间流传，贺知章凭借过人的才学和机智灵活的应对被武则天钦点为第一名。

（六）

主持人：贺知章得第之后被分配到国子监任四门博士。

主持人：在洛阳城挖掘出武周时期的国子监，就是贺知章任职的地方。

演绎：贺知章手里拿着《论语》书本，翻到第一页，开始讲课。子曰："学而时习之，不亦说乎？有朋自远方来，不亦乐乎？……"

主持人：国子监与太学修习儒学，是教授修己治人之道德的最高学府，学习内容有《孝经》《论语》《尚书》《公羊》《易》《诗》等。

蒙曼：所以，他没有真的卷入到那么复杂激烈的政治斗争之中，恰恰是在武则天、韦皇后和太平公主她们折腾得比较凶的那个年代，他一直在大学当老师。

主持人：这时，距唐王朝建立已过了八十多年，整个文坛正力图摆脱六朝旖旎的文风，重新找寻所谓的"风骨"。

蒙曼：贺知章实际上，他举起了一种清新自然之风，是讲情感的，讲人情的。贺知章实际上当时算是开风气之先、践行这样的一种主张的人，所以，才有这样的一个盛唐诗风扑面而来。

（七）

演唱：春江潮水连海平，海上明月共潮生。（张若虚《春江花月夜》，《经典咏流传》，萨顶顶演唱）

主持人：萨顶顶演唱的就是被后人称为“孤篇压倒全唐”的《春江花月夜》。这首诗是与贺知章同为“吴中四士”之一的张若虚所写。

演绎：贺知章、张旭酒喝得酩酊大醉，朦胧之间，见店家某处白净平整的墙壁，一人挥毫写下：“天何言哉？四时行焉，百物生焉。”

另一人也要来纸笔，恣意挥洒，写下：“见义不为，无勇也。”

主持人：时间久了，长安城内卖酒的店家一个个都认识贺知章、张旭这对酒友，他们一个个私下里刷好了白墙，备好了上等的布帛

纸张，等着这对酒友上门“赐字”。

蒙曼：这老头的字价值万金，我是一个小酒店的老板，我给他拿一堆纸来写，以后都成为我的宣传广告，但他不介意。所以，我想这种不介意，这种自由感，其实是他内心真正的“狂”。

康震：所以，他后来叫自己四明狂客。可见在喝酒和写字这个问题上，已经表现出了他内心的狂傲、狂妄，甚至包括疏狂这样一种心态。

劳春燕：这种狂不是见人傲慢无礼，这种狂其实是对功名的一种豁达。

主持人画外音：贺知章的酒友遍布整个长安，上至王公贵戚，下至布衣百姓，他都来者不拒。长安酒肆中，总能传出诗酒唱和的声音。

（八）

演唱：斗酒十千恣欢谑，主人何为言少钱……（李白《将进酒》，《经典咏流传》，凤凰传奇演唱）

主持人：贺知章将人与诗、酒的关系，活成了一种传奇。数年后，初至长安的杜甫，用怀念的笔调追述了这一段人与酒的传奇，重绘了那个最浪漫、最热切的盛唐旧梦。

主持人：在济南市博物馆，我们看到了明朝张翀画的《饮中八仙图》。

劳春燕：“知章骑马似乘船，眼花落井水底眠。”大家可以想象到，这是一种什么样的场景呢？就是一位老爷爷，喝了酒骑在马上，前俯后仰，摇摇晃晃，一不小心还晃到了井底下，索性就睡着了。

主持人：今天西安大唐西市的酒肆里，据说就有“李白斗酒诗百篇，长安市上酒家眠。天子呼来不上船，自称臣是酒中仙”的地方。

主持人：这份追忆从唐代一路流传，直到今天，透过喧嚣的集市，我们仍能窥见千年前，那段诗与酒的传奇。三位中国历史上最负盛名的诗人在长安栖身，留下了一段诗狂、诗仙与诗圣的传世佳话。如今，在济宁太白楼李白纪念馆，我们还能看到贺知章、李白、杜甫的三公画像。

（九）

主持人：公元713年，经过武则天去世后的一系列政治征伐，韦后篡权、太平公主政变，唐玄宗李隆基从腥风血雨中脱颖而出，成为李唐王朝新的主人。不久后，陆象先被罢相，贬离长安。

演绎：陆象先离京前夕，贺知章特意登门，两人饮酒话别。

主持人：他俩在酒桌上时而慷慨激昂，时而沉默寡言，气氛忧伤中透着几分尴尬。

劳春燕：陆象先当了宰相以后，其实头脑还是清醒的，他跟太平公主之间保持着一个相对安全的距离。后来，当太平公主要谋叛乱，就是要推翻李隆基的时候，陆象先其实是反对的。

（十）

主持人：不久后，唐玄宗决意设立一个专门的机构，称为“丽正院”。玄宗看中贺知章，命贺知章进入丽正院，担任典籍整理工作。

演绎：贺知章正在修缮整理典籍工作，边上有三位同僚。

主持人：贺知章常年授课，研究礼仪，在政事上从无差错，深得玄宗赞许。同时，他狂纵的文人气质又与玄宗内在的浪漫主义人格产生了共鸣。唐玄宗称赞他“礼乐之司、文章之苑、学优艺博、才思高远”。

（十一）

主持人：在唐玄宗的治理下，李唐王朝很快摆脱了武后末期的混乱局面，迎来了“稻米流脂粟米白，公私仓廪俱丰实”的开元盛世。可就是在这么一片国泰民安的盛景之下，有一件大事死死地压在唐玄宗的心中，那就是封禅大典。

赵冬梅：封禅，应该说是汉代以后最重要的国家最高级的祭奠。

刘后滨：唐玄宗开元十三年（725 年）的泰山封禅，是中国历史上最自信的一次泰山封禅。贺知章被任命为这次大典整个仪式的制定者。

演绎：贺知章伏案写作，完成一首后，站起来朗读：“万物资以生，常顺称厚载。”

康震：用我们现在的眼光来衡量这些诗篇，仿佛它的文学价值不高。但是在当时，这些诗篇是很受世人的重视的，而且它也代表了一个时代的特有的标识。

主持人：贺知章本人也由此走上了政治生涯的巅峰。那段时间，他为了封禅大典常常在书房创作诗词，最后，禅社八首乐章中他完成了七首。这七首乐诗被载入史册，流传至今。如今，位于泰山之巅的《纪泰山铭》摩崖石刻，还记载着这一盛世大典。

（十二）

主持人：封禅礼成之后，唐玄宗将丽正院更名为集贤院，并广泛拔擢有功之臣。贺知章被升为礼部侍郎兼集贤院学士。不久之后，唐玄宗命贺知章为太子侍读，他一跃成为未来的帝师。

刘后滨：因为贺知章的这种文化积累，懂得礼仪典籍，又从事教育的这种经历，让唐玄宗非常看重他，让他来承担教育太子的这种责任。

演绎：宰相源乾曜问贺知章的好友张说："贺公久著盛名，今日一时两加荣命，足为学者光耀。然学士与侍郎，何者为美？"

张说：相比于"衣冠之华"的侍郎，怀着"先王之道"的学士可谓至美，处之无愧。

蒙曼：就是他始终把自己和盛唐文化绑在一起，这个就是他能够在千载之后留下名字的最重要的原因。因为，他跟那个时代的文化在一起。

主持人：然而，谁都没有意识到，空前强盛的李唐王朝，已经站在颓废的边缘了。距那个"渔阳鼙鼓动地来，惊破霓裳羽衣曲"的动乱不堪的年代，已经不远。

（十三）

主持人：公元726年，长安城里发生了一件趣事。

赵冬梅：贺知章做礼部侍郎的时候，就赶上著名的岐王死了。岐王是唐玄宗的弟弟，就是很有名的杜甫诗里说"岐王宅里寻常见，崔九堂前几度闻"的那个岐王。

主持人（画外音）：岐王宅遗址就在西安的兴庆宫，当年滚滚红尘帝王宫，如今已成为西安最文艺的地方。

主持人：唐玄宗与岐王关系密切，对这个弟弟的身后事也很是上心，以极高的规格安排了葬礼。贺知章正是负责人之一。

叶炜：这些葬礼当中的一些服务人员，是由高级官员的子弟们来担任的。

刘后滨：去牵引灵柩、颂唱挽歌的一些少年仪仗队员，就被称为挽郎。

叶炜：这些官二代们都很看重这个事，主要是因为去做挽郎，不仅仅是一个荣耀，更重要的是做挽郎之后，可以直接进入吏部铨选，使他当官的速度要提升不少。所以，这些官员和他们的子弟对做挽郎是比较看重的。

主持人：数不清的官员向贺知章举荐了自家的子弟。可是，贺知章对这不大光彩的事情并不上心，结果可想而知，很多贵族子弟莫名失去了当挽郎的机会。

刘后滨：在礼部办公厅外面聚会抗议。

演绎：一群贵族子弟等候，要同贺知章评理，但是，左等右等也不见贺知章露面，大家都有些不耐烦了。忽听得墙头轧轧有声，贺知章那须发皆白的脑袋颤悠悠地从墙头冒了出来。围观的人见到平日神采飞扬的贺监被逼得爬墙头，一个个忍俊不禁。贺知章并没有生气，只是无奈地说："诸位，这儿呢。诸位，莫要喧哗，都回家去吧。听说，这宁王的身子也不大好了。"

主持人画外音：言下之意，在座的各位还是有做"挽郎"机会的，大家哄堂大笑后散去了。

赵冬梅：其实是很损害他的官威和形象的一种形式，但是，大概这也就是贺知章，有时候不太体面的，他也不在意的。这些不得体，也是他，可以说是他狂的一面。

刘后滨：（这件事）引起了很大的风波，当然唐玄宗就把他调离了礼部。

（十四）

演绎：此后，一次官员私下小聚，宴会上音乐、舞女、酒菜都产自南方，有位北方籍官员几杯酒落肚有点微醺，笑说："近年来江南文人入京后声名鹊起，正如橘生淮南为橘，南金复生中土。"

主持人：这位北方籍的官员在大庭广众之下，丝毫没有顾忌来自南方的贺知章的感受。

康震：当时的文化中心主要是在北方，有一些南方人可能没有受到大家应有的重视，甚至有的人可能对他们还看不起。

主持人：然而，贺知章在行酒令时不按规则作了一首诗，回敬那位北方籍的官员，他口吟："钑镂银盘盛蛤蜊，镜湖莼菜乱如丝。

乡曲近来佳此味，遮渠不道是吴儿。”

蒙曼：这是吴儿吃的东西，你们怎么也吃上了呢？其实这是一个小诙谐，（贺知章）知道地域黑，其实有的时候也不过是句玩笑而已。所以，这个诗也是以开开玩笑的心态来答复，他是一位当之无愧的文坛领袖。

（十五）

主持人：之后的十余年中，政治环境每况愈下。公元 726 年，贺知章的好友张说罢相，大奸臣李林甫走到了政治前台；公元 730 年张说去世；公元 736 年，贺知章的表弟陆象先病逝，一代名相张九龄罢相。

康震：意味着唐代的政治开始逐渐地走下坡路。大唐王朝那种辉煌的盛世的气象，正在逐渐地失去它的光芒。

主持人：公元 742 年，八十四岁高龄的贺知章照例到长安的紫极宫论道访友。在那里，他遇到了自己人生中的最后一位挚友，时年四十二岁的李白。当时的李白正怀揣着“白衣一跃为卿相”的梦想云游四方，寻找入朝为官的“终南捷径”，却屡屡碰壁。紫极宫之行本是一场意外，却让他们遇到了毕生的知己。

演绎：李白与太子宾客贺知章见面，李白欣喜异常。他当场拿出了新作《蜀道难》。贺知章从李白手中接过诗稿开口吟诵：“蜀道难，危乎高哉，蜀道之难，难于上青天……”吟毕，贺知章赞道：“好诗好诗啊！尔谪仙人矣！”

钱志熙：那么，“谪仙人”这个雅号就成为李白的一个我们最熟悉的“李谪仙”。

主持人：贺知章当即提出要请李白一醉方休，李白也是好酒之人，两人一拍即合，离开道观。

（十六）

演绎：贺知章、李白彼此执挽，许为知己。贺知章唤来酒保，点了菜，要了酒，两人频频碰杯，开怀痛饮……

主持人：酒酣耳热之时贺知章才发现自己没带余钱，当即将佩戴的代表官员身份的金龟交与酒保，作为酒资。

赵冬梅：金龟是地位的标志，但是，为了喝酒也豁出去了。这两个人确实都是千古一人。

刘宁：我经常读到这个情节的时候，就想到李白说：“五花马，千金裘，呼儿将出换美酒。”

演唱：五花马千金裘，呼儿将出换美酒。（李白《将进酒》，《经典咏流传》，凤凰传奇演唱）

劳春燕：贺知章金龟换酒和李白畅饮，被后人引作旷达酣饮、倾心结交的典故。

赵冬梅：比如说，宋代刘望之《水调歌头·劝子一杯酒》里边就说：“解金龟，换美酒。”

（十七）

主持人：为了能够痛快饮酒，贺知章的囊中还是常备酒钱的。说起贺知章的酒钱，不得不提在陕西西安碑林博物馆陈列的这批墓志铭，从目前出土的十方来看，数量远不止于此。

主持人：在贺知章的《偶游主人园》中：“主人不相识，偶坐为林泉。莫谩愁沽酒，囊中自有钱。”

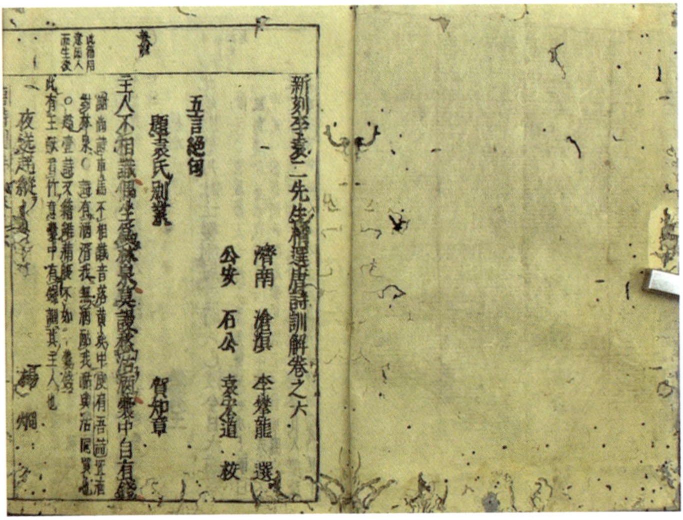
新刻李袁二先生精選唐詩訓解卷之六
濟南 滄溟 李攀龍 選
公安 石公 袁宏道 校
五言絕句
題袁氏別業 賀知章
主人不相識偶坐爲林泉莫謾愁沽酒囊中自有錢
夜送趙縱 楊炯

康震：他囊中有钱，一方面可能指的俸禄，另一方面他写诗写得好，写文章写得好，书法也不错，想必也有颇为不菲的润笔费。

主持人：贺知章对于李白来说，是难得的诗友、酒友、道友。他们两人在文学、爱好与信仰上的高度契合促成了这对忘年交的诞生。

主持人：之后，贺知章很快举荐了李白，唐玄宗任命李白为供奉翰林，李白入朝为官的梦想终于起步了。

（十八）

主持人：在李白初入官场，斗志昂扬的同时，贺知章却起了隐退之心。

薛天纬：玄宗皇帝那个时候已经沉溺于和杨贵妃的这种天天的这个寻欢作乐，已经有点偏执堕落了。

演唱：汉皇重色思倾国，御宇多年求不得，杨家有女初长成，养在深闺人未识。（《一生一阙歌》，《经典咏流传》，王之炀演唱）

主持人：这就是当时朝堂的真实写照。贺知章残存的遗句中也有“落花真好些，一醉一回颠”。他深知自己无法以一己之力肃清官场颓废，便开始狂放纵诞，以醉心翰墨诗酒来消解忧愁，宁愿长醉不醒，也不愿做“明时失路人”。

刘后滨：唐玄宗的懈怠朝政，李林甫的专权独断，地方上节度使军权太重……这都是威胁。这个帝国的内部已经隐藏着很多的忧患，只是大家还没有意识到而已。

主持人：这个时候，贺知章一方面忧国忧民，另一方面已感到自己老矣，叶落归根的想法常常压得他喘不过气来。

（十九）

主持人：公元743年岁末，贺知章在一场大病之后，向唐玄宗请求回归故里。如果说李白“美人如花隔云端”的地方是长安，那么让贺知章长相思的地方就是故乡。唐玄宗准许了贺知章的请求。

演唱：给我一朵蜡梅香，那母亲一样的蜡梅香，那母亲的芬芳是乡土的芬芳。（《经典咏流传》，胡德夫演唱）

王双怀：我们现在所在的地方是长乐坡。长乐坡在唐代是一个非常重要的驿站。白居易曾经做过诗，他说：“何处难忘酒，青门送别多……烟树灞陵岸，风尘长乐坡。”

主持人：公元744年正月初五，贺知章告老还乡，唐玄宗感慨：“岂不惜贤达。”他不仅写诗相赠，还命太子李亨率百官饯行。太子李亨，还有李白等数百位官员相送，规模空前。

太子李亨：老师，从长安到镜湖，路途遥远，老师千万不可心急，走走歇歇，权当旅行。

众人：是啊，走走歇歇，权当旅行。

贺知章抱拳感谢：老臣多谢太子殿下，谢谢诸位。

李亨面对李白：大诗人，你能否代表大家的心意，作诗一首？

李白说思索片刻，口吟：“山阴道士如相见，应写黄庭换白鹅。”

刘后滨：这个场景本身在整个唐朝历史上，在整个中国古代历史上并不多见。

主持人：贺知章荣归故里，隐逸归道，堪比王羲之的曲水流觞兰亭雅集，是中国历史上士大夫的最高政治理想。然而，这看似是贺知章对当时崇道风尚的追随，实际上是他心中对“道”的坚守。若心中的“道”无法得到守护，隐遁而终才是最好的选择。

劳春燕：像今天的绍兴宛委山南坡飞来石上就存有《龙瑞宫记》摩崖石刻，相传这是贺知章唯一存世的楷书手迹。

吴新如：龙瑞宫是道教的法场，在唐朝道教兴盛的大环境下，自渡为道，成为贺知章隐逸归乡的漂亮托词。

蒙曼：他这个人回来了，这个文化中心就存在了，吸引力就在那儿了。贺知章回乡之后，李白不就想（来）看他吗？然后，发现他已经去世了，李白就怅然而归。（他）其实就是一个一个的火把，就在那里，照亮这条道路，让后来的人一看，前辈到那里去过，那我也去看看到底是什么样子。所以，一个一个的火把变成什么？变成一个链条，对不对？这个链条就是我们现在所说的浙东唐诗之路。

（二十）

主持人：不久后，贺知章终于回到了他魂牵梦绕的故乡，故乡的一切都已经变了。

胡可先：贺知章的家乡本来是永兴，在他还在世的时候，回乡的时候，其实已经改成叫萧山了。

主持人：当年，送别自己的族人早已不在，迎接自己的变成了一群陌生的官员；茫然四顾，竟只有岸边的垂柳，依稀还有当年的模样。贺知章突然觉得心头畅快，口吟《咏柳》一诗，成就了千古绝唱。

字幕：碧玉妆成一树高，万条垂下绿丝绦。不知细叶谁裁出，二月春风似剪刀。

黄亚洲：贺知章终于回到了生他养他的故乡。在他人生的最后日子里，他履行了与母亲的约定，在横担河上建起一座“横担桥”。此后，他又在故乡贺家园建起一座“仪方桥”。后来，乡人感念贺知章的功德，将这两座桥分别改名为“箩婆桥”和“思家桥”，以表示对贺知章的纪念。

主持人：贺知章对故土的热爱，在他归乡后写的《采莲曲》中也有流露：“莫言春度芳菲尽，别有中流采芰荷。”

胡可先：白居易的这一首诗“人间四月芳菲尽，山寺桃花始盛开”，无论在写景跟意境方面，明显看出来是受贺知章《采莲曲》的影响。

劳出燕：诗人独立镜湖，也就是浙东唐诗之路上的鉴湖，感怀岁月流逝，物是人非，写下了："惟有门前镜湖水，春风不改旧时波。"

康震：岁月虽然过去，自己已经年迈，但家乡依然美丽，也表达了自己对故乡的这份深情。

主持人：贺知章一生写下的诗歌无数，但由于他的放纵疏狂，随作随弃，大多作品已经散轶，所幸的是，地不爱宝，当年所埋铭石，得以一一出土，透过这些墓志铭，我们有机会窥见贺知章文学创作的原貌。

刘宁：他传世之作（尽管只）有二十三首，这么少的传世作品，但是，却在整个的诗歌史上有一席之地，而且以古人的诗学标准来看的话，他是当之无愧的诗坛名家。

主持人：如今，大唐盛世已成云烟，但唐诗仍然在西安以及全国活跃着。在名家辈出的唐诗故里西安，我们看到了贺知章的文化烙印。

（二十一）

主持人：几个月后，贺知章在他平日修行的千秋观中平静地离世，享年八十六岁。他的友人与后世仰慕者，或者艳羡他的惊世才华，或者羡慕他仕途顺遂、全身而退的人生，在之后的一千年中，不断地怀念他。

演唱：花间一壶酒，独酌无相亲。举杯邀明月，对影成三人。月既不解饮，影徒随我身。暂伴月将影，行乐须及春。我歌月徘徊，我舞影零乱。（《经典咏流传》，毛不易、廖俊涛演唱）

主持人：李白还亲赴贺知章的隐居地寻故人，得知贺老已经驾鹤西去，李白以瓯杯为祭器怀念故人："欲向江东去，定将谁举杯？稽山无贺老，却棹酒船回。"

演绎：贺知章去世后，李白再次经过当初对饮的酒店，不由泪如雨下，写下诗句："四明有狂客，风流贺季真。长安一相见，呼我谪仙人。昔好杯中物，今为松下尘。金龟换酒处，却忆泪沾巾。"

主持人：西安大明宫宣政殿东侧的弘文馆，就是当年贺知章侍教太子李亨，也就是后来的唐肃宗读书的地方。

赵冬梅：贺知章过世的时候，唐肃宗追封他做礼部尚书。

刘后滨：（李亨）觉得自己在开元后期风云诡谲的政治环境当中，能够安全的一路走来，有这位老师很大的功劳。

康震：后代诗人对贺知章充满了一种敬意，一方面向往"四明狂客”非常疏狂的这种风范，另一方面对他的才华也是非常的仰慕。

主持人：一百年后，刘禹锡路过洛中寺，看到贺知章在北楼写的书壁。

钱志熙：这首诗里有两句很有名叫“中国书流让皇象，北朝文士重徐陵”。

赵冬梅：明朝还有人提到说，我来到了山阴这个地方，可是，我却再也看不到贺知章了。但是其实，不管是看到看不到，他的诗都在。其实，诗人之所以不朽，是因为诗在，所以不管人在不在，只要诗在，那个魂就在。

（尾声）

主持人：回望长安，梦想盛唐，当往昔以前所未有的速度离我们而去的时候，我们仍然可以从传统文化中汲取前行的力量。今天，我们品味贺知章的人生，诵读贺知章的诗，体会他的品行，他的诗心，用诗人的生命品格滋养今人的生命质地，用曾经的盛世文化创造今天的文化盛世。

贺知章学校学生演唱：少小离家老大回，乡音无改鬓毛衰，儿童相见不相识，笑问客从何处来。思家古桥，隽永文章，我们幸福吟唱。

诉　乡　情

方文、沈闻　词
吴小平　曲
郑培钦　演唱

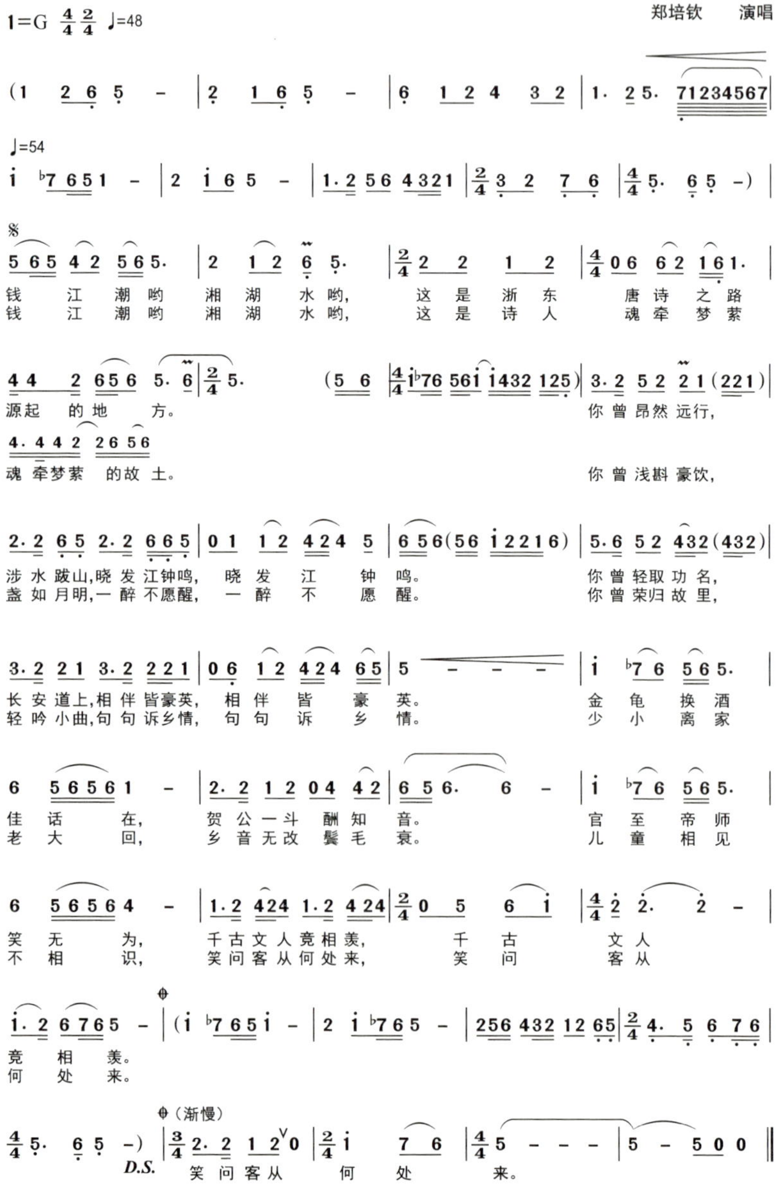

第五章

故里寻遗

蜀山街道从党工委书记、办事处主任，到各村党支部书记，以及广大民众对贺知章系列作品情有独钟，不仅仅关心，而且积极参与，不少朋友在作品中留下了身影和文字。

一、故里诗文

贺知章老家在湘湖文笔峰下

王肖君

“少小离家老大回，乡音无改鬓毛衰。”这首脍炙人口的《回乡偶书》，就是唐代大诗人贺知章回乡时写下的。萧山古籍考据工作者杜永毅新近考证发现，贺知章老家就在湘湖文笔峰脚下。杜永毅称，贺知章的宅地南临文笔峰，西濒三江，北接湘湖，如果开发成名人故里景点，有利于丰富萧山历史人文内涵。

据了解，当年，贺知章自越州永兴乘船，经湘湖，北上长安，后考中进士，官至礼部侍郎、集贤院学士和秘书监。在《旧唐书》和《新唐书》上，都记载他是萧山人，但究竟在萧山何处，一直是个未解之谜。两年来，萧山古籍考据工作者杜永毅对涉及贺知章的所有古籍都做了系统梳理，并对相关遗地进行了实地踏勘，最终，考证出贺知章故里应是萧山蜀山街道的史家桥村（现该村已改名为知章村）。

在浩如烟海的古籍中，杜永毅一共梳理出三条史料。第一是郭伦在《萧山赋》中写道：“文笔环季真之宅”，“文笔”即指古湘湖八景之一的文笔峰，季真则是贺知章的字。第二是清代萧山人张文瑞在《归厚庄即事》说道：“湖亦有名邻贺监，村因不俗近西施。叉鱼桥下堪垂钓，文笔峰前好赋诗。”第三是清朝光绪年间手抄本《招德龙图卷》中论及萧山二十四座桥名的来历，其中，论述“思家桥”为：“皇都得意归故里，奉旨还乡思家桥。”从这三点推断，贺知章的家应该就在文笔峰脚下，且是一个有“思家桥”的村庄。

根据实地踏勘，杜永毅欣喜地发现史家桥村有一个几亩地的贺家园，园的南面有一条名为“百步禁界”的路。在村里，也有一座“思家桥”，其石刻记载“□学士创始族长相继懿修”，虽看不清学士的姓，但可推断是贺知章所创，因为萧山历代以来能荣膺学士称号的恐怕只有贺知章一人。此外，杜永毅还发现当地村里有一个关于思家桥的奇怪民俗，凡是结婚的人，特别是嫁女儿的喜轿一定不能经过思家桥，而要绕道过。直到今天，这个民俗依然保存。据当地老人说，贺知章的母亲嫁到思家桥已是二婚，人们不过这个桥主要是出于避忌。

（摘自《萧山日报》）

文笔峰下贺知章出世

北宋名家欧阳修和后晋人刘昫写的新旧唐书均载，贺知章是越州永兴县人，即今杭州市萧山区人。后来的中国文化名人录和《唐诗三百首注》等都有明确记载，贺知章是浙江萧山县人。他的故居在晚唐温庭筠去寻访时，已是残墙断垣，后又沦为平地。这里是贺知章的出生之地，后来却被人们淡忘了。幸有温庭筠写知章在越溪横塘渔猎的诗和郭伦的《萧山赋》“文笔环季真之宅”，更有思家桥联“皇都得意归故里，奉旨还乡思家桥”及其石刻“贺学士创始族长相继懿修”，才使我们知道，文笔峰下贺家园乃是唐朝礼部尚书、大诗人贺知章的出生地。

注：贺家园与思家坞、思家桥、思家河、思家池均在今知章村一带。

2007 年 4 月 30 日

话说蜀山：文峰毓秀，甲科流芳

杭州市萧山区蜀山街道知章村史家桥自然村，位于美丽的文笔峰下，青山绿水，花果飘香，景色优美，人杰地灵。唐代大诗人贺知章就出生于史家桥，明代工部侍郎黄九皋等15名进士也出生于此，真可谓："文峰毓秀，甲科流芳。"

明朝嘉靖四十年（公元1561年），埭上黄姓一共出了9名进士，美名传遍天下，皇帝派兵部尚书胡宗宪到萧山思家桥建造了"甲科济美"坊。该牌坊距今已有400多年历史，曾是石岩十景之一，现在已被列为萧山区的文物保护点。牌坊通高8.5米，宽9.45米，三重檐四石柱三门结构，正中双龙捧诏御赐"恩荣"两字，中门定盘枋刻"甲科济美"四字，左右刻有14位黄姓进士名单。整个牌坊右上角由数个镂空雕花雀替组合而成，边枋条石上镌有"金蟾宫门""松鹤长春"等图案，两侧各有四个飞牙出挑，上压悬山式翘角顶盖，整个建筑精美绝伦，图文并茂，气势恢宏。

"甲科济美"这四个楷书大字，为礼部清吏司郎中孙学思所书。孙学思，萧山湘湖湖里孙人，善楷书，和兄长孙学古称为"湖中双凤"，驰名中外的湘湖跨湖桥即是他出资所建。

思家桥，位于史家桥自然村思家河上，是一座由大唐礼部尚书、集贤院学士贺知章创始，历经多次修缮，现为明代黄九皋重建的单孔石梁桥，高约5米，宽2米，系杭州市文物保护点。

“少小离家老大回，乡音无改鬓毛衰，儿童相见不相识，笑问客从何处来。”这首妇幼皆知的名诗，就创作于思家桥旁，思家桥因此而得名。道书《花枷序》二十四桥联中有载：“皇都得意归故里，奉旨还乡思家桥。”

今史家桥自然村原名思家桥村，以贺知章建造的思家桥而命村名。贺知章在思家桥住了十七八年后，迁居到箩婆桥一带，37 岁赴长安，85 岁才回家。

“贺学士创始族长相继懿修”表明该桥由唐代集贤院学士贺知章始建，族长们要相继负责修缮，这是值得称道的村规民约。

“黄□□玄孙黄九皋重建”表明该桥是明代嘉靖年间重建的，极具文物价值。因该桥系贺学士创始，（贺母据传乃二婚嫁入）故村里为避忌，有花轿不过思家桥的规矩，留传至今。

思家桥旁还有两块保留至今的上马石。上马石是古代老年文官上马时用的。贺知章 85 岁回到萧山老家，也要使用这样的上马石上下马。

“十里埭上黄，旗杆多如讨饭棒。”这是萧山人的两句民谣，表明这里出过多少才子佳人，有过多少文化遗存，可如今只剩下这一块旗杆石了。

贺家园位于文笔峰下，贺知章就出生在这里。贺家园墙基所围土地五亩多，今为山下的一片高地，前面小道称“百步禁界”，长约百步，宽约八尺。北宋时，凡经过此地的文武百官，都要在此下马下轿，故名百步禁界。再往前就是显教寺、环翠阁。显教寺原称崇福院，北宋乾德二年，皇帝赐额“显教寺”（贺知章少年时曾到崇福院旧地玩耍，后来成为唐肃宗的老师，故名）明代改为百步寺。

贺家园四周砌有乱石墙基，深达 1—2 米，工程不小，其主人是谁，至今还是一个谜。但可以认定，它是古代贺姓官员住宅的围墙墙基。

贺家园旁的环翠溪是贺知章少年时游玩的地方。

文笔峰，宋代史书已见其名，传与贺知章住此相关。大清文人郭伦的《萧山赋》写道“文笔环季真宅”。峰高 257 米，景色秀丽。“文笔拱秀”“尖峰积雪”为萧山八景和湘湖八景之一。

晚唐小李白温庭筠东游吴越至萧山，在贺知章故居前，写下了“废砌翳薜荔”的诗句。当时，他看见贺知章故宅的残墙上长满了木莲树，而贺家园的墙基，与诗中的贺宅残墙正相吻合。

贺知章曾说：“我常梦见家乡的横塘，那里是我捕鱼摸蚌的地方。”这条横塘，长约 1 千米，就在今横筑塘和思家桥自然村之间，即明朝诗人魏骥所说的“黄竹依稀范蠡塘”（相传春秋战国时代，越国大夫范蠡骑马到此，遗鞭于山下，竟生出美丽的黄竹）。单隆周《湘湖采莼歌》“人随花片缘溪人，小桥南去皆横塘。横塘一望天水碧，四山苍翠真欲滴”，来鸿瑨《舟过横筑塘》“荒坝拖船争踞埠，渔家晒网恰临河，土翻高垄耕黄犊，水涨横塘泛白鹅”中的“横塘”，都是指这里。据《萧山县志》记载，北宋太平兴国安养乡有横塘里，而安养乡在今义桥镇北，可证明横塘即横筑塘，靠近贺知章的老家史家桥。

贺知章与思家桥

据《萧山湘湖志》记载，上湘湖东有史家桥、史家河、史家池和史家坞，不过首字都应该是“思”字，这从思家桥上的刻文可以得到证实。此志为晚清周易藻所写。但明代的史家桥有两个桥名，一个叫“思家桥”，另一个叫“仪方桥”，不称“史家桥”，村亦名“思家桥村”。该村人姓黄，今有三百户，没有一个姓史的。故“史家”不是指姓史，而是“思”字之讹，同音之变。萧山文管会的普查表中已有“思家桥村”之记录：“史家桥村原名思家桥村。”可见，此是清代中晚期之误讹。“思家”也不是指姓思，而是想家的意思。众所周知，萧山名人贺知章有一首好诗，叫《回乡偶书》，一千多年来传诵不已，老幼皆知。这首诗是爱家爱国的代表作。作者为了国家的兴盛在外地连续工作了五十多年，不想家是不可能的，所以，他一回来就连写了两首感受诗，想不到竟被后人万古传颂。（第二首写的是镜湖，在今绍兴市。）

关于思家桥的创始人，以往误以为是“明初里人黄寿康建”，但桥墩上一行古色的石刻文字则否定了这一说法。这行文字是“贺学士创始族长相继懿修”。其首句指创建人是贺学士，而“里人黄寿康”不是学士，估计是个乡绅，因为明代的甲科济美坊上没有黄寿康的名字，甚至连举人也不是。再则，萧山道书《花枷序》和《龙图宝卷》中均记载：“皇都得意归故里，奉旨还乡思家桥。”这副所谓“送”给此桥的桥联，已经明确了这位学士就是写《回乡偶书》的贺知章，他奉唐明皇圣旨还乡，即当年的越州萧山县。

值得一说的是，《萧山湘湖志》记载，史家桥旁还有史家河、史家池、史家坞，当是和史家桥一起的共同体衍生，所以“史家”应为“思家”。“思家池”在村北大夫第旁，思家坞在文笔峰之下。那么，这个村里的大夫是谁？除明代黄九皋外，其余的府县官均不称为大夫。而明代黄九皋之宅，相传叫“大厅”，今废存，两者相距里许。所以，这个大夫第是不是贺知章的后裔在他出任银青光禄大夫或告老回乡后，建造的呢？

贺知章还有一首诗《望人家桃李花》，内有“山源夜雨渡仙家，朝发东园桃李花”的诗句，而大夫第东旁正好有个桃园，还有一个东园，也与此诗相和，都在城邑之南陌，地域地貌上也有相似之处。我想，难道贺老此诗写于东园不成？从全诗看，他写的正是城南一陌的农村。

思家池西北为大夫第，如果真的是贺大夫回乡后住过的宅地，宅前一池取名为“思家池”，也是情理之中。大夫第旁的河也叫“思家河”（今俗名直渡河），桥亦名“思家桥”，山坞亦名“思家坞”，均在如上所述的情理之中。思家坞在文笔峰北，石牌坊南。所以，“思家桥”不是孤独的单体。“仪方桥”之桥义亦同，仪即礼仪，乃是礼部尚书住的地方，回乡偶书之地也。

贺知章青年时，这里原是一条直河，用渡船相济，故名“直渡河”。知章回乡见此处交通不便，就捐资在直河上造石桥。他回乡时，玄宗送给他一包金银，用于报答教子之恩，并命儿子到东门外送行。回乡后，他用这些皇银造桥铺路，大做好事，以发思乡、爱乡之情。

初用桥名为“仪方桥”，意为礼部高官所住地、所造桥。后乡亲们认为用“思家桥”更好，更能体现贺老的爱乡之情结，所以今存有一桥两名。当时群众提议，若时间长远，桥必有所损，但无论如何要及时修缮，这是学士回乡为民做的一件好事。所以立了一条族规，若思家桥需要修理，各代族长要自发负责此事，以为善举，并刻于石上：“贺学士创始族长相继懿修。”所以，此桥至今基本完好。此桥最后一次重建，发生于明代，是由该村的官员工部主事黄九皋出资重建的。

2007 年 4 月 1 日

温庭筠笔下的贺知章故里

温庭筠（约 812 年—866 年），字飞卿，号八叉，太原祁县人，官至国子监助教，晚唐著名诗人，和李商隐齐名，又有“小李白”的美名。中年时官场失意，便东游吴越，于秋季到达萧山，随即拜访贺知章故居，并作《题贺知章故居叠韵作》：“废砌翳薜荔，枯湖无菰蒲。老媪饱蒿草，愚儒输逋租。”

从第一联可知，温庭筠看到的贺知章故居，已经破落不堪，残墙上长满了木莲藤树，宅旁的周家湖也干枯了，湖中竟见不到茭白和蒲草。第二联是写贺家村里的窘况：年老妇女的箩筐里已经拾满了蒿草，书生气浓重的儒民正无奈地向地主交纳上年的租金。

关于这首诗所指贺知章故居的地点，从清朝郭伦的《萧山赋》“文笔环季真之宅”和北宋绍兴知府张文端的“来寻道山园”（原注贺监旧宅）句看，应是萧山文笔峰下贺家园。

温庭筠另一首关于贺知章故里的诗作于京都长安（今西安），诗云：

秘书省有贺监知章草题诗，笔力犹健，风尚高远，拂尘寻玩，因有此作。

越溪渔客贺知章，任达怜才爱酒狂。

鸂鶒苇花随钓艇，蛤蜊菰菜梦横塘。

几年凉月拘华省，一宿秋风忆故乡。

荣路脱身终自得，福庭回首莫相忘。

出笼鸾鹤归辽海，落笔龙蛇满坏墙。

李白死来无醉客，可怜神彩吊残阳。

第一联第一句写贺知章是“越溪渔客”，因他少年时经常在越地的山溪中捕鱼，故有此称。第二句写饮中八仙贺知章豁达开朗的性格，他又怜惜人才，举荐李白等。第二联写贺知章少年时代的生活，前句指他坐钓艇捕鱼时，旁边常有五色水鸟和苇花相随，后句是说他在长安时，常梦想幼年时在横塘的河里摸蚌采菰的情景。这里的“横塘”，我认为是指萧山湘湖边的横筑塘自然村。晚唐至北宋初期，这里就有萧山安养乡横塘里的地名，而贺知章故居就在横塘东侧的贺家园。第三联写他虽身在秘书省，但并不觉得舒畅，时常回忆故乡，所以后来有“少小离家老大回”的感叹。第四联说他脱身了官宦的荣路，方得以实现“自由”的理想。第五联形容他如高翔的“鸾鹤”飞归“东海”，回乡后仍继续他喜爱的草书艺术，获得了悠闲的生活乐处。最后一联说，自李白、贺知章死了以来，不会再有这样的“醉客”，这晚唐的文坛就好像西沉的残阳，表达了作者对李白、贺知章的怀念。此诗写贺知章老年、少年生活较多，确是一首难得的好诗。

（摘自《萧山日报》）

唐代诗人在贺知章故里的诗作精选

登越王台

唐·宋之问

江上越王台，登高望几回。
南溟天外合，北户日边开。
地湿烟常起，山晴雨半来。
冬花采芦橘，夏果摘杨梅。
迹类虞翻枉，人非贾谊才。
归心不可见，白发重相催。

注释：

越王台：在萧山湘湖滨，传越大夫范蠡所筑。

宋之问：一名少连，字延清，唐汾州人，一说虢州弘农（今河南灵宝）人。因曾任考功员外郎，世称宋考功。高宋上元二年（675年）登进士第，累官尚方监丞，左奉宸内供奉，后贬汴州长史，改越州长史。宋之问与沈佺期齐名，对初唐律体诗之完善颇有贡献。

早发渔浦潭

唐·孟浩然

东旭早光芒，渚禽已惊聒。

卧闻渔浦口，桡声暗相拨。

日出气象分，始知江路阔。

美人常晏起，照影弄流沫。

饮水畏惊猿，祭鱼时见獭。

舟行自无闷，况值晴景豁。

注释：

渔浦潭：在今萧山义桥镇。

孟浩然：襄阳人，后世故称孟襄阳。早年隐居家乡鹿门山，后辞亲远行，漫游各地，常于太学赋诗，名动公卿，与张九龄、王维为忘年交。有《孟浩然集》。

宿范浦

唐·崔国辅

月暗潮又落，西陵渡暂停。

村烟和海雾，舟火乱江星。

路转定山绕，塘连范浦横。

鸱夷近何去，空山临沧溟。

注释：

范浦：渔浦别名，大夫范蠡曾在此筑横塘，故名。

崔国辅：唐诗人，吴郡人。开元进士，曾任山阴尉、许昌令，累迁礼部员外郎。工诗，与李白相唱和，名动一时。

越中览古

唐·李白

越王勾践破吴归，义士还家尽锦衣。

宫女如花满春殿，只今惟有鹧鸪飞。

注释：

李白：唐代诗仙，字太白，号青莲居士，四川绵州青莲乡人，祖籍陇西成纪县，生于碎叶城（今吉尔吉斯斯坦国）。少年聪颖异常，性豪放，善作诗。天宝元年为供奉翰林，有《李太白集》。

越中：指今萧绍一带。李白曾到萧山登越王城览古，相传勾践在此住过。

渔潭值雨

唐·钱起

日入林岛异，鹤鸣风草间。

孤帆泊枉渚，飞雨来前山。

客意念留滞，川途忽阻艰。

赤亭仍数里，夜待安流还。

注释：

渔潭：渔浦潭的简称。

钱起：唐诗人，字仲文，吴兴人。天宝进士，历校书郎、考功郎、翰林学士等，“大历十才子”之一。有《钱考功集》。

题秦隐君丽句亭

唐·戴叔伦

北人归欲尽，犹自住萧山。

闭户不曾出，诗名满世间。

注释：

丽句亭：在今萧山仓桥弄，久废。

戴叔伦：唐代诗人，字幼公，江苏金坛人。官湖南转运使、抚州刺史、容管经略使。有《述稿》十卷，已佚。

同萧山陈长官县楼登望

唐·方干

坐看南北与西东，远近无非礼义中。

一县繁花香送雨，五株垂柳绿牵风。

寒涛背海喧还静，驿路穿林断复通。

仲叔受恩多感恋，裴回却怕酒壶空。

注释：

方干：字雄飞，睦州青溪人。从小爱吟诗，擅长律诗，多警句，徐凝一见器之，始举进士。遁迹镜湖、萧然山水间，以诗自放，甚得钱塘太守姚合赏识。咸通中，太守王龟荐为谏官，召不就。唐末追赐进士出身，门人私谥曰玄英先生。

题贺知章故居叠韵作

唐·温庭筠

废砌翳薜荔，枯湖无菰蒲。

老媪饱藁草，愚儒输逋租。

注释：

温庭筠：原名岐，字飞卿，太原祁县（今山西）人。文思敏捷，精于音律，仕途不得意，官止国子监助教。其诗词藻华丽，作词风格秾艳，与李商隐齐名，称“李温”，有《温庭筠诗集》《金奁集》。

萧山祇园寺

唐·丘丹

东晋许征君，西方彦上人。

生时犹定见，悟后了前因。

灵塔多年古，高僧苦行频。

碑存才记日，藤老岂知春。

车骑归萧詧，云林识许询。

千秋不相见，悟定是吾身。

注释：

祇园寺：今萧山，传为东晋许询旧宅。

丘丹：唐苏州嘉兴（今浙江嘉兴）人，曾任诸暨令，后隐居临平山。

浣纱女

唐·王昌龄

钱塘江畔是谁家，江上女儿全胜花。

吴王在时不得出，今日公然来浣纱。

注释：

浣纱女：指越国美女西施，家在钱塘江畔之临浦，她去吴国时，曾从西陵渡过钱塘江。

王昌龄：唐代诗人，字少伯，京兆长安人。开元进士，授汜水尉，迁江宁丞，系天宝间杰出诗人。

二、乡贤邂逅

杭州市萧山区蜀山街道：一场跨越千年的新老乡贤“邂逅”

摘自《浙江统战》

潺潺的河水流淌千年，见证了一位又一位贤人志士的出现与离开，萧山蜀山这片土地上，古今多少乡贤，从贺知章开始的精神与羁绊流传一代又一代。古今的碰撞，让我们仿佛穿越时空，同古今蜀山乡贤相见相约，感受他们的邂逅。

贺知章

贺知章，字季真，号四明狂客，是唐代著名的诗人和书法家，浙江历史上第一位有资料记载的状元，也是萧山蜀山街道最负盛名的乡贤。其“少小离家老大回”“碧玉妆成一树高”“镜水无风也自波”等诗句脍炙人口、千古流传。他离与回的故乡便是蜀山街道知章村。贺知章出生在知章村文笔峰下，文学上的天赋才华加上数十年的好学不倦，让他远离家乡，踏上为官为民的漫漫仕途。贺知章一生为官清正，受到了满朝文武官员的敬重，但他心中始终不曾停止对家乡的思念。

贺知章是最初的那颗火星，点燃了浙东唐诗的世界，让浙东的文化走向全国，影响了许多名人大家。例如李白，对他来说，贺知章是位率性真诚的忘年交。因此，当贺知章归乡后，李白漫游浙东之时还专程前往老宅拜访，可惜当时贺知章已作古，唯有遗憾书下“金龟换酒处，却忆泪沾巾”的感念。又有温庭筠东游吴越，至萧山拜访贺知章故居，并诗“废砌翳薜荔，枯湖无菰蒲”的叹息。如蒙曼教授所说：“贺知章回到故乡后，这里就有了一个文化中心，吸引力就摆在这儿了。”

回首往昔，梦回盛唐，当曾经的一切如浮光掠影般划过、离去的时候，我们依旧能从历史中，从传统文化中汲取前行的力量。贺知章为人豁达超然，为子孝母温顺，为官清廉正直，为文人乐于提携后进，他以才华和魅力成为中国文化史上的一个无可取代的符号。而一千三百多年后的今天，杭州市萧山区蜀山街道拍摄人文纪录片《贺知章》，诵读他的诗歌，品味他的人生。

7 月 8 日的群演招募是人文纪录片《贺知章》开拍前的序曲，招募启事上“穿越盛唐”“与贺知章同框”的机会让不少蜀山人感到新奇而跃跃欲试。7 月 15 日，由浙江广播电视集团拍摄的人文纪录片

《贺知章》在贺知章故里——萧山蜀山街道知章村正式开机。该片采用纪实拍摄 + 故事演绎 + 名家解读唐诗的形式，力图还原盛唐时期文坛泰斗贺知章从肆意自由的“狂客”到归隐故里的游子的波澜人生，探寻他诗歌中蕴藏的文学世界和盛唐气象。

7 月 17 日，剧组转战东阳横店，在烈日下马不停蹄地拍摄。窄袖短衫，曳地长裙，古色古香的灯笼装饰，手提腊肉逛集市的老百姓……演员们的认真演绎搭配高度还原的场景布置，让人仿佛置身盛唐的繁荣之中。

随着拍摄的深入，摄制组继续辗转陕西西安、河南洛阳、山东泰山等地，追随着贺知章一生的足迹。12 月，人文纪录片《贺知章》与我们见面。

光阴似箭，沧海桑田，有多少名胜古迹湮灭在历史的漫漫长河中，虽斯人已逝，但他们留下的诗词墨宝，精神文化却能够代代传承，润物细无声。千年的传承，千年的积累，千年的发扬，蜀山的文化已深入人心，令蜀山人自豪的乡贤也愈来愈多，为蜀山带来了新的活力。

贺知章的永恒就是故乡的永恒
就是眼泪的永恒，就是感情的永恒，就是梦的永恒
就是一辈子挥之不去的藏在心底深处的
那个最为柔软的永恒
我就是他梦中的那个孩子，那个
一脸稚气地笑着的孩子

乡贤黄亚洲及“我笑问客从何处来”

乡愁，是永存心底的记忆，千年前有知章八十六岁回乡的乡愁，千年后也有黄亚洲对家乡的依恋。作为一位以文字讴歌祖国壮美河山的行吟诗人，同时也是萧山蜀山街道的乡贤，黄亚洲用这首诗来表达对知章的致敬和对蜀山乡土的怀念。

黄亚洲，中国电影文学学会副会长、中国作协影视委员会副主任，杭州市文化顾问，曾任第八届全国人大代表、第六届中国作协副主席、中共十六大代表。他说，诗词和书法对文化也有着情怀，带着这份感念对家乡的建设，在这片故土上生生不息。我们对他的采访与拍摄，他认为是一次回到故乡的旅程，是一次回味乡情的体验。

黄亚洲欣然作诗一首：

好像我就是那个孩子
许多梦里，我都是那个一脸讶异的孩子
于是我就问他，你从哪里来
我的苍茫的声音传向遥远的唐朝
就是那个尖细的孩童嗓音

我就是那个萧山的孩子
我的祖籍就在思家桥的波影里
我就是那个生活在文笔峰下的孩子
所以我抬起脸的时候，总会看见路的尽头，那位老人
慢慢走来
我在笑，而他的脸上挂着泪

我就是在思家桥畔问他你从哪里来的
后来我知道，思家桥的出现，就是由于他的到来
思家桥下的河水，是他脸上的泪花

他是从长安朝廷一路走下来的
由于我是孩子，所以我不知道他的官职是工部侍郎与秘书监
也不知道他的朋友是李白、陈子昂与孟浩然
我只看见他下巴上的白胡须在颤抖
好几颗泪花藏在里面

看上去他已经很老了
当然我也不知道那一年他已有八十六岁

他是远远看见文笔峰就掉泪的
后来看见思家桥也掉泪
在村口他看见我的那一刻，脸上的泪水还没有干
所以我奇怪地问他你从哪里来

我的孩童般的声音从唐朝回来的时候
我发现我的脸上也有泪水
怎么能不感慨万分啊，我的祖籍就在思家桥
我就是他诗歌里的那个笑问客从何处来的孩子

现在我才知道，他叫贺知章
他的老家就在我们杭州萧山文笔峰下
他就是八十六岁那年从京城告老还乡的
他走了好几个月，一直往南，穿过黄河与长江
我是他告老还乡的那一刻遇见的第一个家乡孩子
我在笑，他在哭

现在我才知道，我的眼泪里有他的泪
他的眼泪里也有我的泪
有人说这就是故乡情怀
藏在我们每个人心底里的那一种

我们每个人的心底里都有一个故乡的孩子
那孩子在笑着
他的银铃般的笑声，就是故乡枝头的鸟
就是故乡桥下的水
就是故乡父母喊你回家吃饭的嗓音

这就是贺知章
贺知章的永恒就是故乡的永恒
就是眼泪的永恒，就是感情的永恒，就是
梦的永恒
就是一辈子挥之不去的藏在心底深处的
那个最为柔软的永恒

我就是他梦中的那个孩子，那个
一脸稚气地笑着的孩子
但是我知道我此刻在哭，泪水流过唐朝
流过黄河与长江，流在
一个八十六岁的老人脸上

贺知章啊，你眼里流出了我们每一个人的泪水
你的这首名叫《回乡偶书》的诗歌里，那孩子
就是中国的孩子，那眼泪
就是中国的眼泪啊

那深情的眼泪，就是中国的黄河和长江啊
那八十六岁的沧桑与孩子天真的笑容
就是我们人生的永恒啊

是啊，我就是那个孩子，就是
贺知章老人诗里的那个孩子，就是中国的孩子
我愿意在无数个梦中，做那个一脸笑容的
唐朝的孩子

高楼林立，车水马龙的街道，小桥流水，鸡犬相闻的平凡村落是它的表象，而此中处处蕴含的，是千年的岁月流淌，是深厚的文化底蕴，藏于石板桥的缝隙之中，藏于甲科济美的牌坊之上，藏于莘莘学子的琅琅书声之中……时代纷繁复杂，人们奔波忙碌，但新老乡贤为我们带来的精神、文化，会化作支持我们内心的力量，伴随着我们走向未来。

萧山区蜀山街道党工委书记　楼海锋

先贤文化绵延千年，今天的知章故里充满勃勃生机。我们在打造多维度人文环境的基础上，正积极探索可持续的经济发展、建设高品质的城市空间，努力打造“城市南窗口，卧城新蜀山”。

萧山区蜀山街道党工委副书记、办事处主任　周志军

在“乡贤培根，知章铸魂”主题下，弘扬以贺知章精神为代表的乡贤文化；通过阵地、载体、氛围三方面，继续传承知章文化，打造蜀山人民的精神家园。相信通过我们的努力，湘湖畔的知章故里会成为浙东唐诗之路上，一道靓丽的风景线。

中共蜀山街道人大工委主任　吴志刚

知章文化内涵丰富，助力时代新风培育，蜀山以此为内容，结合文创项目打造出“知章故里”文化品牌，竭力向“文化源起地、创新实践地、美丽宜居城、幸福未来城”目标迈进，实现城市与文化的同频共振。

中共蜀山街道党工委副书记　王　鑫

“人以地胜，地以人名”，今日的蜀山深挖独特的核心文化精神，倾力传承“贺知章文化”，以文化凝神聚魂，铸就蜀山文化新辉煌。笑问客从何处来，乡音无改，蜀山“寻”知章。

中共蜀山街道宣传统战委员　张海英

传承贺知章文化，讲好贺知章故事，彰显城市文化自信，让“贺知章文化”成为蜀山文化的重要标杆和金字招牌，为萧山打造“亚运国际城，数智新萧山”提供文化支撑和精神力量。

中共蜀山街道调研员　田　野

以新发展理念为引领，深挖知章文化，建好知章故里，为展现“城市南窗口，卧城新蜀山”的文化软实力和服务“亚运国际城”的时代新篇章而努力奋斗！

中共蜀山街道党政综合办公室主任　王　佳

新时代蜀山“两地两城”的发展新目标，需要党建引领，也需要蜀山人的责任与担当，站在杭州城市“南窗口”，我们将以更高标准、更实举措着力塑造“贺知章文化”、聚力建设“贺知章故里”，打响有温度的蜀山新名片！

中共蜀山街道宣传统战员　丁水富

知章文化流芳百世、代代相传，既是中华文化的精华和瑰宝，更是蜀山文化的骄傲和宝贵财富。发掘、保护、传承知章文化，让唐代大诗人的优秀文化在新时代不断焕发更加绚丽的光彩，已成为我们当代蜀山人的历史使命和责任。

中共蜀山街道知章村委员会书记　闻水明

加快推进贺知章故居建设，立足知章文化礼堂，设计各种活动载体，同时利用湘湖旅游溢出效应，努力传承和弘扬知章文化，打响知章文化品牌。

中共蜀山街道金西村委员会书记　洪国彪

我们金西文化建设和湘湖建设相融合，结合知章文化，让湘湖和诗词两大文化品牌强强联合，相信这样做一定会迸发出耀眼的火花。

中共蜀山街道黄家章村委员会书记　黄永乔

传承发展知章优秀文化，助力打造时代典范之村。

中共蜀山街道章潘桥村委员会书记　田伯平

唐代诗人贺知章是我们蜀山人的金名片，我们作为贺知章的家乡人，为出了这样一个伟大诗人而感到自豪。

中共蜀山街道湖东村总支部委员会书记　施春明

书写知章故里，展现湖东新貌。

中共蜀山街道赵家墩村总支部委员会书记　王金良

活力新蜀山，打造知章故里新名片。

中共蜀山街道沙里吴村总支部委员会书记　周　飞

钱江潮，湘湖畔，知章故里展新颜！

中共蜀山街道桥头陈村总支部委员会书记　陈　勇

城市南窗口，卧城新蜀山，知章故里欢迎您！

中共蜀山街道湖山社区总支部委员会书记　郑　东

“少小离家老大回，乡音无改鬓毛衰。”诗狂贺知章的这两句诗，表达了他对家乡的眷恋和热爱。为此，我们湖山将乡情融入党建品牌的建设中来：身在异乡，终归湖山，文化传承，和睦共享。

中共蜀山街道沈家里社区总支部委员会书记　沈灿明

讲好故事，塑好文脉，展出城市“南窗口”新姿态。

中共蜀山街道金家埭社区总支部委员会书记　蔡玉仁

挖掘传统历史文化，打造蜀山南窗口知名度。

中共蜀山街道联华社区总支部委员会书记　王燕风

浙东唐诗之路源起地，知章故里欢迎您！

中共蜀山街道严家埭社区支部委员会书记　徐云潮

弘扬知章文化，记住乡愁，振兴乡村！

中共蜀山街道安桥社区总支部委员会书记　徐兴潮

蜀山作为贺知章的故乡，具有深厚的文化底蕴。启动知章故里文化建设，对蜀山来说是顺势而为、水到渠成，既有助于弘扬贺知章精神，也有助于提升蜀山文化软实力和核心竞争力。

中共蜀山街道联丰社区总支部委员会书记　蔡国贤

知章文化底蕴深厚，是推动蜀山新发展的宝贵精神财富。

中共蜀山街道戚家池社区总支部委员会书记　蔡正良

传承知章文化，打造美丽蜀山！

中共蜀山街道向阳社区总支部委员会书记　许连法

少小离家老大回的故事就发生在蜀山，打造知章故里，弘扬传统文化！

中共蜀山街道曹家桥社区总支部委员会书记　曹世俊

作为知章故里人，我们要学以致用，报效社会，学习前人的风骨，书写新时代的华章，以此来打造蜀山的知章文化。

中共蜀山街道鲁公桥社区总支部委员会书记　徐汉平

贺知章文化传承千年，如何文旅结合打造知章故里，弘扬中华优秀传统文化，擦亮蜀山文化金名片，是我们的机遇，也是我们的挑战。

中共蜀山街道黄家河社区总支部委员会书记　邱尧飞

扬知章文化，展蜀山风貌。

中共蜀山街道溪头黄社区支部委员会书记　黄银福

珍惜和运用知章文化的巨大历史精神财富，为建设高品质的人文蜀山继续奋斗。

中共蜀山街道越寨社区总支部委员会书记　张建德

作为一名社区干部，我会坚定不移地发挥好知章故里这张金名片的优势，传承知章文化，为绘好蜀山发展蓝图添砖加瓦。

中共蜀山街道祝家桥社区总支部委员会书记　瞿海明

贺知章是妇孺皆知的大诗人，我为蜀山千年前的这位乡贤骄傲！

中共蜀山街道朝阳社区总支部委员会副书记　于建宏

在本次知章文化的主题活动中，我认为个人也好、社区也好，都应该继承和发扬知章文化的传统——不负先贤、勇立潮头、紧跟时代，为建设“城市南窗口，卧城新蜀山”做出积极的努力。

中共蜀山街道山水苑社区总支部委员会书记　金海霞

唤醒贺知章文化，实则是唤醒蜀山文化之魂，提升蜀山人的文化认同感，形成强大的凝聚力和向心力。

中共蜀山街道广宁社区总支部委员会书记　王淑华

知章文化绵延千年，蜀山是贺知章的故乡，我们要让文脉在这片土地上世代传承。

中共蜀山街道秀水社区支部委员会书记　吴恩丹

萧山素有“卧城蜀山，梦里水乡”之美誉，时至今日，贺知章潇洒旷达，待人真挚的品格，仍为世人所歌颂，知章文化也深入民心。

中共蜀山街道湘源社区支部委员会书记　王　莺

传承知章文化，打造蜀山文化的“重要窗口”。

中共蜀山街道晨晖社区支部委员会书记　陈懿敏

打造知章故里，让传统文化滋养一方百姓，为浙东唐诗之路再添风景。

中共蜀山街道湘乐社区　汤金斐

启动知章故里文化建设，是文化的传承和发扬，有利于扩大知章文化的覆盖面和影响力，有利于丰富蜀山人民的文化生活，有利于提升蜀山地区的文化品位。湘乐社区将以知章文化为载体，努力做好社区品牌文化建设。

第六章

扫码看片

我们运用最现代的手法，把贺知章系列作品的二维码印在后面。

你想看任何一个作品，只要拿出手机，在这个二维码上面扫一扫就能看到。

《狂客》
45 分钟

《贺知章》
25 分钟

《诉乡情》
5 分钟

《知章故里》
1 分钟

附录

贺知章年表

（仅供参考）

1	显庆四年（659年）	1岁	生于越州会稽县贺家园（今杭州市萧山区思家桥东）
2	麟德二年（665年）	7岁	父亲因病卒，始读蒙学经书
3	咸亨五年（674年）	16岁	赴会稽县考明经等科目
4	上元三年（676年）	18岁	母持家受累，得痨病。常担母读书行于乡里庙市，俗称“贺担僧”
5	调露元年（679年）	21岁	考取进士，因母病重未仕（注：此年已复置永兴县）
6	调露三年（681年）	23岁	遇灾，举家迁至来苏乡北，在周官湖务农栽桑
7	永昌元年（689年）	31岁	种芝草医病，又写符联草书出售以持家济
8	证圣元年（695年）	37岁	中进士，擢超拔群类科，离开萧山去长安生活
9	圣历三年（700年）	42岁	任校书郎等职，与工部尚书陆象先交往甚密
10	神龙元年（705年）	47岁	诗文名扬京城
11	景云二年（711年）	53岁	加阶四门助教，拟宣义郎

12	先天二年（713 年）	55 岁	任四门博士，转太常博士
13	开元三年（715 年）	57 岁	任户部员外郎，兼朝议郎
14	开元四年（716 年）	58 岁	授起居郎
15	开元十年（722 年）	64 岁	以诗文称“吴中四士”之一
16	开元十一年（723 年）	65 岁	入丽正殿书院修编《六典》《文纂》，为直学士
17	开元十二年（724 年）	66 岁	转太常寺少卿
18	开元十三年（725 年）	67 岁	迁礼部侍郎加集贤院学士，允庆王侍读
19	开元十七年（729 年）	71 岁	转工部侍郎，任秘书少监
20	开元二十六年（738 年）	80 岁	授太子宾客、银青光禄大夫、正授秘书监
21	开元二十八年（740 年）	82 岁	授含元殿学士
22	天宝元年（742 年）	84 岁	举李白于玄宗，为供奉翰林
23	天宝二年（743 年）	85 岁	请求还乡，度为“黄冠道士”，玄宗下诏许之
24	天宝三年（744 年）	86 岁	正月初五，玄宗率百官送行，赠御制诗。以其长子为会稽郡司马
25	天宝三年（744 年）	86 岁	二月底到萧山，作《咏柳》和《回乡偶书》《春兴》等诗，并出资造桥
26	天宝三年（744 年）	86 岁	五月初定居今绍兴市，又作《回乡偶书》《答朝士》《采莲曲》等诗及《龙瑞宫记》楷书
27	天宝三年（744 年）	86 岁	十二月卒于越州千秋观

后　记

习近平总书记指出，“文化是国家、民族的根脉，是国家最基本的国情，是选择发展道路的重要基点。”2019年，浙江省人民政府发布《浙江省诗路文化带发展规划》，提出2020年是我省诗路文化带建设的开局之年，浙江要在全国率先探索打造“四条诗路”的构想。这是承载浙江文化振兴和产业发展的综合平台，是“美丽浙江”大花园建设的诗意灵魂和标志性工程，对浙江省文旅融合创新发展具有里程碑意义。

为响应省委、省政府的号召，由浙江广播电视集团出品、浙江电视台国际频道、中共杭州市萧山区委宣传部、杭州市萧山区蜀山街道联合摄制的人文纪录片《贺知章》系列作品于2020年年初立项，开始前期工作。7月15日开机，包括一部人文纪录片（25分钟）、一部文艺专题片（45分钟）、一部音乐电视作品、一部宣传片。人民网、新华网、新华社、浙江卫视、浙江之声、浙江日报等百余家主流媒体竞相集中报道。

《贺知章》摄制组以建设贺知章文化IP为着眼点，通过文献发掘，沿着贺知章的足迹，实地走访了北京、西安、洛阳、济南、泰安、绍兴、萧山等地，采访了北京师范大学教授康震、中央民族大学教授蒙曼、北京大学教授钱志熙、赵冬梅、叶炜，中国人民大学教授刘后滨、中国社会科学院研究员刘宁、浙江大学教授胡可先、西北大学教授李浩、浙江省书法家协会主席赵雁君、中国美术学院教授王冬龄、浙江作家黄亚洲等二十余位专家学者，充分挖掘历史资料，追古抚今。

盛唐大诗人贺知章（659 年—744 年）人称诗狂，是唐朝初期最早走出去的浙江本土诗人。作为“吴中四士”之首，他在政治、文学、书法领域都取得极高成就。贺知章历任礼部侍郎、秘书监、太子宾客等职。他的诗作《咏柳》《回乡偶书（二首）》是唐诗启蒙的必背篇目，被现代语文教科书收录，流传极为广泛。他留世的草书《孝经》真迹，被认为是衔接魏晋风度与盛唐气象的桥梁。作为文坛领袖，他与李白、杜甫、孟浩然、刘禹锡、温庭筠等唐代大诗人均有酬唱应和。他的勤奋善读、孝义为先、廉洁奉公、仁爱为民的故事也被传为美谈。

如今片子做完了，与广大观众见面了，希望大家能喜欢。

同时，感谢致力于贺知章文化研究的专家学者，感谢支持《贺知章》拍摄的领导以及同仁们。摄制组在创作之余整理出这本书稿以飨读者，希望浙东唐诗之路源起地贺知章文化广泛传播，让更多的人从中华优秀传统文化中汲取前行的力量。